# 詞歌抄　クロと読むChanson《シャンソン》

松峰綾音

三省堂書店／創英社

# はじめに

## 訳詞への思い

　私がシャンソンと出会い、歌い始めたのは、もう二十年くらい前のことになります。

　その当初、私の中でシャンソンは、限定された独特の世界というイメージが強かったように思います。

　触れていくうちに、シャンソンには一つの曲に複数の日本語の歌詞がつけられていることも多く、その中のどの詞で歌うかによって、曲全体の印象が大きく変わってしまうことがあると気づきました。

　その一方で、実は日本語詞が作られているシャンソン自体の数はとても少なく、日本語で歌おうと思っても、選ぶことのできる曲が限定されてしまうことも知りました。

　また、そうした曲は古い時代のもの（戦後すぐに日本でシャンソンが流行したころのヒット曲）にかたよりがちで、そこで使われている言葉も、いざ歌おうとすると、どこか時代感覚が合わず、歌いづらいこともあると感じていました。

本来、「シャンソン」というフランス語は、狭いジャンルに限定された独特な音楽を指すものではなく、「歌」という意味の一般名詞です。ですから、演歌でも、ジャズでも、ポップスでも、歌は全部、フランス語では「シャンソン」となります。

それなら、日本において、シャンソンがもっと広がってよいのではないか。フランスには、まさに今、歌われ、愛されている新しい魅力的な曲、日本で紹介されずに埋もれている名曲もたくさんあるはず。そうした曲の中からこれはという曲を見つけて、自分の感覚に合う日本語詞を作り、自分で歌って、現代のシャンソンを伝えることができたら面白いのではないかと、大それたことを考えたことがすべての始まりでした。

そもそも、シャンソンは、歌の中の言葉の要素＝歌詞をとても大切にする音楽なのではないかと思います。そこには、フランス人の母国語に対する強い愛着や誇り、こだわりが感じられます。

「歌詞がわからなくても涙は流せる」、「音楽の世界を理屈ではなく肌で感じ取ればよいのだ」という考え方もあるでしょうし、「原語の歌は原語の響きで聴くのが一番。他の言語に置き換えると別物になってしまう」と言われる意味もよくわかりますが、やはり音にのって伝わってくる言葉が何を伝えているのか理解することは、歌を味わううえでの基本と言えるのではないでしょうか。日本人がシャンソンを聴き、歌うとき、それが日本語であることは、その曲を真に味わううえで意味のあることだと、私には思われます。

原語ではなく日本語でそのエッセンスを汲み取り、日本語だからこその美しい言葉でシャンソンの魅力を伝えられたらどんなに素敵だろう。それが私の訳詞への思いであり、一番の原動力となっています。

訳詞を始めた当初は、作詞者の言葉に忠実であることを第一に心がけましたが、気がつくと私の訳詞は原詞を少し離れて、新たに創造された独自なものになっていることもありました。

フランス語と日本語では音節も異なりますので、ただ対訳（逐語訳、直訳）をしただけでは、歌詞に込められた作詞者の世界観や微妙なニュアンスを伝えることは難しいと思われます。ある場合には、フランス語に寄り添いながらも、大胆に日本語を選んでいくことも必要になるのではないでしょうか。

訳詞の方法は人それぞれだと思いますが、今、私にとっての訳詞とは、「超訳」「私訳」と言われるものに近いような気がしています。

これまで様々なシャンソンの歌詞の日本語訳に挑戦し、それを自ら歌うとともに、日本文学の作品の朗読を融合させた「月の庭　シャンソンと朗読のひととき」というコンサートを重ねてきましたが、一つの訳詞を作るとき、その時代や原詞の背景を調べ、自分がどんなことを考えながら言葉を紡いできたかをエッセイ風に書き残すことも、当初から自分に課した作業でした。

コロナの流行でコンサートが延期され、自宅で過ごす時間が多くなった機会に、それらを一つの読み物にまとめてみようと思い立ったのが、この『詞歌抄』を作ることになったきっかけです。

副題にも登場する「クロ」とは、我が家の愛猫のことです。クロは時折、少し気取って詩人のような遠い目をします。私が訳詞を作っているときは、いつもそっと原稿を覗きに来ます。

クロのことだから、こんなことをつぶやいているのではないだろうかと、こちらが勝手に想像する言葉も添えてみました。

ともあれ、小さな命の誕生を見るように、日本語詞の様々な誕生の姿を感じとっていただければ幸いです。

もくじ

# 1

# もしも

*Si*

# もしも

もしも　今
私の願いが叶うなら
どんな祈りも　聞き入れられるなら

もしも　今
私に　魔法の力があって
世界を自由に変えることができるなら

苦しみは空に放ち　涙は川に流し
果てしなく彷徨《さまよ》う砂漠に
ユートピアの種を　蒔《ま》き続けるだろう
どんな風にも　ひるむことなく

もしも　今　私が
虐《しいた》げられて　苦しむ人たちとともに
手を取り合えたなら

# Si

もしも　今　私が
子供たちの美しい夢の炎を
燃やすことが出来たなら
閉ざされた扉を　大きく開《あ》けるだろう
ユートピアの夢　もたらすだろう

でも
私の手は　小さく　何も掴《つか》めない
叫ぶ声も　風に　消えるだけ

それでも
私達が　声を合せるのなら
きっとそこから　何かが生まれる
この不毛の地に　その手をつなぎ合って
一つ　一つ　世界を実らせよう
心通わせ　ともに歩もう

二〇一五年の訳詞コンサート『吟遊詩人《ぎんゆうしじん》の系《けい》譜《ふ》』の第一部『ゴールドマンの世界』で、この曲をはじめて披露したときのことを思い出す。

作詞・作曲は、ジャン・ジャック・ゴールドマン。彼の曲には共通して、どこかノスタルジックな青春の香りのする、青臭くも一途な世界があふれていると感じる。

ギターの音色に乗せて、抒情と情熱と哲学を自在に奏でる彼の姿に「現代の吟遊詩人」を感じて、コンサートのタイトルに『吟遊詩人の系譜』とつけたのだが、その第一部の締めくくりに歌ったのが、この『Si（もしも）』だった。

彼は一九七〇年代にデビューしてから今日まで、圧倒的な求心力でフレンチポップス、シャンソン界を牽引《けんいん》し続けてきたビッグアーティストである。

シンガーソングライターとしてヒット曲を多く生み出し、自らアルバム制作やコンサート活動で活躍する一方、最近はセリーヌ・ディオン、パトリシア・カース、ジョニー・アリディなど多くのアーティストを育て、世に出した名プロデューサーとしてもよく知られている。

『Si』は、二〇一三年に若手歌手のザーズに提供した曲だ。

ゴールドマンの作詞の多くは、難解な比喩表現が駆使され、発想にも飛躍が目立つ。内容もかなり哲学的で、日本語詞を作ってゆくとき、こちら側のイメージをはっきり固めることが要求されるのだが、この曲はメッセージが明快で、言葉もストレートだ。素朴な言葉で語られる歌詞の根底にある彼の思いが、しみじみと伝わってくる。

人として誠実に妥協せず生きること、平和で美しい世界を実現すること、そういう彼の根幹は、デビュー当時から何ら変わっていないのだろう。

時を経て、装飾的な言葉がそぎ落とされてシンプルな詞となり、より慈愛に満ちた愛を次世代に繋ぐように、若い歌手に歌を託している、そんな風にも思えてくる。

彼は楽曲制作・音楽プロデュースにとどまらず、貧しく虐げられた人たちに深い眼差しを向け、社会の平和と人種を超えた自由と平等の実現のために、種々のボランティア活動やチャリティコンサートなどを通して、積極的な働きかけを行っている。その真摯な姿勢ゆえか、音楽のみならず、人柄や生き方を含め、「フランス人が最も好きな人物」と評され続けているという。

ザーズ自身も「世の中を変えたいと願う人それぞれが行動を起こそう」と、折に触れて訴えていて、それに共感したゴールドマンが彼女に贈った曲だと聞く。

「もしも　私が」と繰り返される祈りは、「魔法使いのように強い力を持っていたら」などという子供のような願いに繋がって無邪気ですらある。

「ユートピアの種を蒔こう」

「一人では無理でも　皆で手を繋げば、きっと変わってゆく」

「一歩ずつでもよい　歩みを進めよう」

強く迫ってくる旋律に乗せ、ダイレクトに迷いなく沁み入ってくる言葉の魅力を私の訳詞でも伝えたかったので、原石そのもののような彼の言葉をそのまま訳すことにした。そういう言葉でなければ、ゴールドマンの思いは届かないのではないかと思われたのだ。

私がこの曲を初めて歌った十一月十四日は、奇しくも世界中を震撼させたパリ同時多発テロという大惨事が起こった日でもあった。朝一番のニュースに大きな衝撃を受けたまま、コンサート会場に向かい、午前中からリハーサルに入った。朝、テレビで目にした悲惨なテロの映像が歌いながら浮かんできた。

月日が流れても、胸が塞がれ、憤りでいっぱいになるような出来事が、相変わらず世界には溢れている。

彼は、二〇一六年に、惜しまれつつもステージ活動の第一線からの引退宣言を行った。コロナ禍が世界を包む今、彼はどのような思いの中にいるのだろうか。

そんなことを、今朝も思う。

もしも　今
もしも　僕が……
そう願いながら
いつも
生きていきたいね

# 2

# 子守唄

*Berceuse*

# 子守唄

ゆっくりおやすみ
私の小さな黒猫
お前と眠るベッドに
黒い月が浮かぶ

私の腕に抱かれて
お前は　小鳥を　夢見る
そして　あのやくざなオス猫に
想いを焦がす

お前を抱きながら
別れた女を　私は思う

# Berceuse

お前のぬくもりに
温まることができない

私の小さな黒猫
お前は　突然　飛び起きる
屋根の上のオス猫の悪夢に
爪を立てる

お前の一撃が
私の傷を深くえぐる
お前と私
終わりのない　夜をかかえる

『本当は恐ろしいグリム童話』ではないが、一般に子守唄の歌詞には怖いもの、悲しいものがかなり多いような気がする。

子供を脅して早く寝かしつけようとする子守唄が世界にはたくさんある。例えば、ブラジルでは「クーカ」というワニのお化け、スペインやラテンアメリカでは「ココ」という怪物、ロシアではオオカミが登場して、早く寝ないと襲われてしまうと歌われている。

眠れ、眠れ
さもないと灰色オオカミがやってきて
おまえの脇腹をくわえて
森の中に連れて行き
柳の根元に埋めてしまうから

日本の子守唄にも同様に、「寝ないなら大根みたいに刻んで川に流すぞ」（高知県）といった相当恐ろしい歌詞、あるいは『五木の子守唄』や『竹田の子守唄』のように、泣き止まない赤ん坊を背負いながら自分の子守りとしての不遇な身を嘆く唄なども各地に数多く残っている。「眠れ、よい子よ」とばかりもいかないのが実情のようである。

　赤ん坊はそんな恐ろしいことを唄われているとはつゆ知らず、心地よくスヤスヤ眠ってしまうのだろうが、わからないからこそ幸せであり、その存在が無垢であるがゆえに、大人たちはある種の本音とか悪意を安心して赤ん坊にぶつけるのかもしれない。

　子守唄というものは、眠りという無意識の世界、あるいは夜という闇の世界に引き入れる一種の呪文、通過儀礼のようなものにも思われてくる。


『Berceuse（子守唄）』の歌詞は、もともとシャルル・クロスの一八七九年の詩である。この九十年後の一九六九年にヤニス・スパノによって曲がつけられ、同年、ジュリエット・グレコによって歌われた。

　クロスのこの詩の創作事情については、一四〇年も前のことでもあり、詳細は定かではないのだが、『Le Coffret de santal』という詩篇集に掲載されたものであるようだ。


　シャルル・クロスは、「十九世紀フランスの詩人、発明家。象徴主義の運動に加わり、ナンセンス詩『燻製にしん』が広く知られる」などと紹介されるが、調べてゆくと様々な逸話が浮かび上がってくる。

学者の父の家庭教育によって、サンスクリット語やヘブライ語を含む数か国語をマスターし、数学、化学、哲学、医学、音楽などを学んだ。

青年時代、ヴェルレーヌやランボーなどとも親交があり、その影響で自らも詩作を始める。『Berceuse』もこの時期の所産である。

「ルビーやダイヤなどの人工宝石の製造に成功する」、「パリ・コミューンにおいては軍医として任命される」、「発明家としても名高く、色彩写真に関する三色写真法の研究成果を報告している」、「エジソンと競って蓄音機の発明に貢献した」、「天文学においても火星や金星のユニークな論文を残した」等々、ずば抜けて異才を放つ人物であったことがわかる。


さて『Berceuse』であるが、さすがナンセンス詩の名手との異名があるクロスだけに、その原詩を解きほぐすだけでも骨が折れた。

愛猫の黒猫とともにベッドに就く夜の情景からスタートする。

主人公の彼には、自分の元から離れていった女性への未練がまだ強くあって、その憤懣《ふんまん》はどうやら彼女を奪った男性へと向けられているようだ。

一方、「小さな黒猫」はクロスの原詩では、「petit chat noir」「le matou」と男性形で示されており、オス猫ととらえるべきなのだが、私の日本語詞の中ではあえてこれをメス猫に設定し直し、イメージ自体を大きく変容してみた。

黒猫には心惹かれるオス猫がいて、今まさに恋の季節の真っ最中。その性悪なオス猫に翻弄されている愛猫に、主人公は自分の愛憎と、去っていった彼女とを重ねる。

『子守唄』は果たして猫と彼自身の、恋の鎮魂歌になったのだろうか。

黒猫を抱きしめて過ごす夜の描写は、原詩の通りにオス猫であれば「同病相憐れむ」という同志的慰めの情が伝わってくるが、メス猫と置き換えると、見方によってはかなりシニカルで艶めかしく感じられてくる。

本当は猫なのではなくて、彼の元を去り、やくざな男に悶々とする女性の幻影のようでもあり、また屈託を埋めるべく行きずりに付き合った、そんな女性を暗喩しているかのようでもある。

ともに居ながら、男女が互いにそれぞれ別の相手を想い求めている。乾いた心をいやす切ない束の間の子守唄となるのだろう。


日本語訳詞と言っても、原詞の内容、表現、言葉の選び方等によって、訳し方には様々なものがあると感じている。

基本となるのは、限りなく詩語に忠実に、対訳に近い訳詞をすることであるが、ある場合においては意訳、いわゆる超訳がふさわしいと感じることもある。

いずれにしても、原詞の世界の魅力をよりリアルに最大限伝えることが大切で、その方法を柔軟に模索していくことができればと常々思っている。

今回は設定も表現もかなり創作に近く、ほとんど私自身の作詞となっているかもしれないのだが、私の中に広がった原詩の情景を、作者である詩人クロスに献辞するような心持ちで自由に訳してみた。

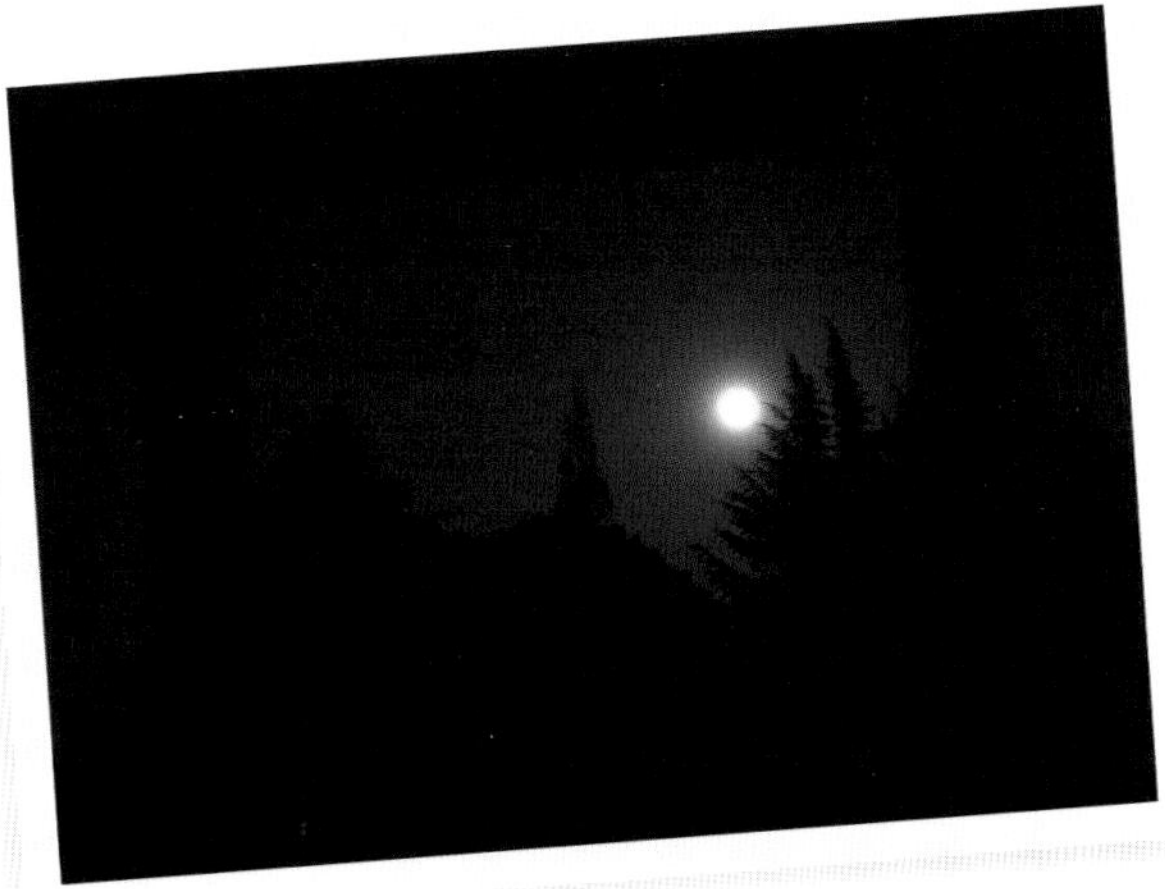

黒猫を抱いて寝ると、
月は黒く見える
それは、胸の中に
黒い塊があるからだよ

# 3

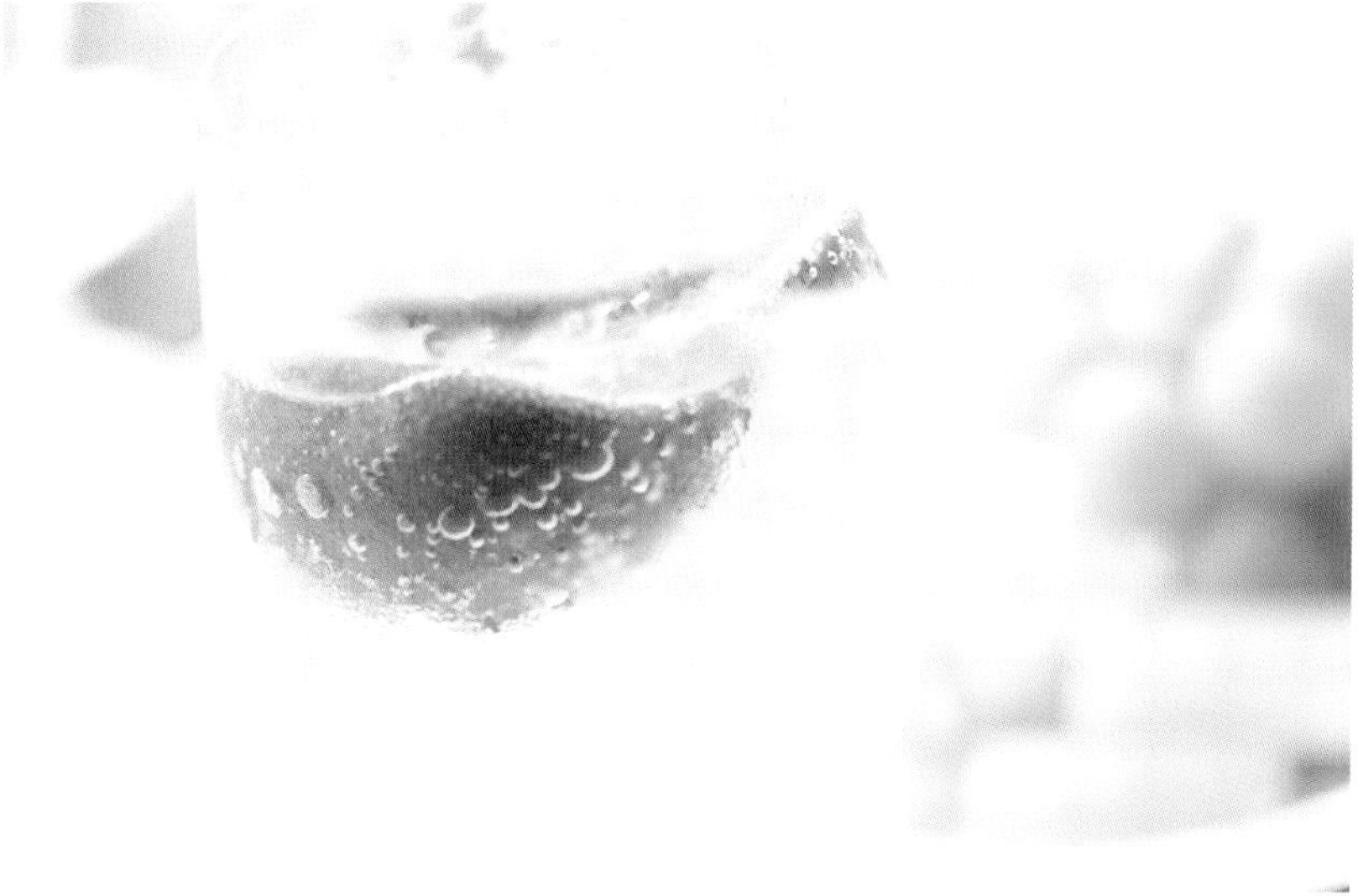

# 僕になついた猫

*Un chat que j'ai apprivoisé*

# 僕になついた猫

今日も明日も
確かなものなんてない
まどろむ夢　夏の日差しを受けて
手を繋いだまま　ただ時を過ごす
ライムソーダ
ベッドの中で　一息に飲み干す

もう君しか　君だけしか見えない
そんな僕を　いたずらな目が笑う

モナムール
僕になついた仔猫が　シーツにくるまり遊ぶ
足元で　そっと鳴く

ほら　仔猫が　君の長い髪にじゃれる
甘い香り　僕も誘われてゆく

「ねえ　貴方は　いつも私をすり抜ける
優しいけど　心は　どこかを見つめてる」

## Un chat que j'ai apprivoisé

もう　君しか　君だけしか　見えない
窓の外に　夏色の空がある

モナムール
ライムソーダを　一口飲んだら
二人でまた　仔猫と一緒に眠る

ほら　君は　僕になついた仔猫だ
僕を見つめる　素早い目の輝き

「ねえ　貴方は　パリを離れようとしてる
夏の終わりに　私からいなくなる」

今日も明日も
確かなものなんてない
まどろむ夢　夏の日差しを受けて

モナムール
僕になついた仔猫が　シーツにくるまり遊ぶ
足元で　そっと鳴く

ユーチューブで偶然見つけ、メロディーラインの美しさと、それに溶け込む歌詞の何とも言えない洒脱な風情がすっかり気に入り、どうしても日本語詞を作ってみたくなった曲である。

男女のデュエット曲で、フランス語の響きがとても美しく感じられたのだが、調べてみると、オリジナルは一九四七年にアコーディオン奏者シヴーカによって作られた曲で、それにシコ・ブアルキが三十年後の一九七七年、『João e Maria（ジョアンとマリア）』というタイトルでブラジル語の歌詞をつけたのが初めであることがわかった。

ジョアンとマリアという幼な馴染みの二人が、思春期になり、やがてお互いを意識し出すという『たけくらべ』のブラジル版のような内容で、素朴でほのぼのとした土臭い香りが漂ってくるように思われた。

それからさらに三十年を経た二〇〇九年に、カミーユ・クトーがフランス語で『Un chat que j'ai apprivoisé』というタイトルの歌詞をつけ、全く別の内容のお洒落なシャンソンに生まれ変わらせている。ここで取り上げるのは、このフランス語版の曲のほうである。「apprivoiser」という動詞は「飼いならす、なつかせる」という意味なので、このタイトルを直訳すると『僕が飼いならした猫』、あるいは『僕がなつかせた猫』ということになる。

私の訳詞では、『僕になついた猫』というタイトルにしてみた。原詞の冒頭の対訳は、次のようになる。

今日も明日も
僕の物になるようなものなどこの地上に何もない
僕の手の運命線が君の手の運命線と交わっている

あなたは優しいけど醒めている

僕は君を拒むなんてとてもできない

僕たちは何でも分け合っている
クロワッサンも、トラブルも、お金も、
カフェ・クレームもみんな

緩やかなメロディーに乗って、デュエットの掛け合いの中で、恋の駆け引きが押したり引いたり巧みに織り重ねられてゆく。

「あなたは優しいけど醒めている」という言葉にも、彼の口説き文句を前にし、それをどこまで受け入れてよいのか戸惑う彼女の心情が見え隠れしている。

「信じられるものが何かはわからないけれど、でも君に夢中で、僕たちは今、すべてを共有しているのだ」と、彼は言う。でも彼女は、彼がどこか遠い目をして、別のものを見ていることを既に見抜いている。優しい言葉を発しながらも、九月になったらこのパリから一人去って行こうとしていることも感じ取っている。

言ってみれば、彼は束の間のアバンチュールを楽しみながら、彼女を「僕になついた仔猫」と呼び、その仔猫に身も心も夢中になっていると甘く囁いて憚《はばか》らない「遊び人」なわけだが、その愛の永遠を信じることができない深い虚無感、喪失感を心に抱えている。

外目には刹那的《せつなてき》と見えても、これが彼の精一杯示すことのできる愛の形なのだとも思われてくる。

そんな愛の不条理がこの詞の根底にあるのではないか。

私の日本語詞には、原詞にはない「ライムソーダ」を登場させた。作詞者のカミーユ・クトーもオリジナルからは完全に離れて自由に創作しているので、それならば私も自分自身の心に広がるイメージでデッサンするように描いてみようと思った。

カミーユの詞中では、「カフェ・クレーム」をすすり、「タンポポの花をもぐもぐ噛む」と表現されている彼らだが、夏の昼下がりの恋人たちのまどろみには、「ライムソーダ」もまたぴったりするのではないだろうか。

そしてさらに、仔猫のような蠱惑的《こわくてき》な彼女の足元には本当に仔猫がじゃれているのがよいという気がして、仔猫も詞の中に加えてみた。二人の恋のすべてを承知しながら、猫は午睡をむさぼっている。この猫は黒猫か、白猫か、どちらがしっくり収まるだろうか。

白猫だったら、フワフワで丸いペルシャ系の仔猫。シーツもブランケットも真っ白で、それに紛れて、モコモコくるまってじゃれている感じが雲のようでよく似合う。「君」もあどけなさを残した少女のような眼差しの娘。曲に、淡い青春の香りを添える気がする。

黒猫だったら、艶やかな短毛種の猫。仔猫なのに、すっと精悍な雰囲気を醸し出している。黒い小さな塊がシーツに巻きついて眠っている。「君」はエキゾチックな強い目の女性。アンニュイで、ちょっと屈折したニュアンスが加わってくるだろう。

絞った半分のライムを グラスに入れる
氷は アイスピックで砕く
光を透す緑色が　きれいだ
ライムソーダに　短い夏が映っている

# 4

# お茶の時間

*L'heure du thé*

# お茶の時間

昼下がり　貴方と
キャラメルティー　それとも　バニラ

ああ　バニラしかなかったわ

いつも通りの　二人のおしゃべり
街は忙しく　動いてたけど
お茶の時間

貴方の部屋　モジリアーニのポスター
昼下がり　そして　夜を過ごした

夜明けの　サン・セヴラン通り
昨日と同じ服で辿る　帰り道

見慣れた街並み

でも
誰も
二人の最後の夜を　知らない

何気なく　とりとめなく　話した
ガブリエル・フォーレ
モーツアルト
ローラン・ヴルズィーのこと

壁に掛かる　モジリアーニのポスター
すれ違う言葉　お茶の時間

夜明けの　サン・セヴラン通り
昨日と違う　貴方からの帰り道

いつもの人と車
でも
誰も
二人の最後の夜を知らない

昨日　貴方を訪ねた
貴方と二人で　お茶を飲んだ

作詞・作曲は、ヴァンサン・ドゥレルム。現代のシャンソン、フレンチポップスの旗手として、フランスでは評価の高いシンガーソングライターだが、日本で紹介されたことはこれまでほとんどなく、認知度が未だ低いことがとても残念に思われる。

ライヴのDVDも入手できたので鑑賞してみたが、多様な曲想のユニークな世界が展開されているにもかかわらず、彼自身は一貫して物静かな青年に見えた。少しはにかみつつ、知的な雰囲気を漂わせるステージだった。

この曲『L'heure du thé』は、二〇〇二年に発表された彼のアルバム『Vincent Delerm』に収められている。訳詞のタイトルは原題のまま、『お茶の時間』とした。

原詞の冒頭の「J'etais passé pour prendre un thé」は、「私はお茶を飲みに立ち寄ったのだった」という意味だ。

彼女は、恋人と会ってお茶を飲み、話がしたかった。ただそのために彼を訪れた。そしていつものように、ゆっくりと二人でお茶を味わい、楽しくおしゃべりをした。そのためだけにある時間のはずだった。けれど、彼と夜を過ごすことになった。

彼の家を出た自分の目に映る朝の街の情景は、車も人も雑踏も、昨日と何も変わっていない。昨日と同じ服、変わらない自分、誰も昨夜のことは知らない。

繰り返される「la nuit dernière（昨夜）」という言葉は、それが彼との「dernière（最後）」の夜でもあったというイメージとなって、私には響いてきた。「そのとき私はお茶を飲むためだけに立ち寄ったのだった」と、彼女は改めて確認する。

意味深長な言葉だ。

「成り行きでそういうことになってしまったけれど、所詮、その場限りの恋だったのだから」とも読める。

しかし、また、「どんなに修復しようとしても、二人の間にお茶の時間以上の意味は見出せない。最初の夜は、恋の終結を自らに告げる最後の夜となった。あの時間は、お茶を飲むためだけにあった時間。それだけだったのだから」と、自らの恋心への決別のようなものとも読める。
　これは、かなり切ない。あらゆる始まりは、終わりに向かって動いて行くのだろうか。

　この曲の、どこか曖昧模糊《あいまいもこ》とした、それでいて紅茶の湯気の中にキャラメルやバニラがほろ甘く漂ってくるような気だるさに惹かれる。
　ヴァンサン・ドゥレルムの泣き出しそうにも、面倒くさそうにも思われる頼りなげな独特な歌い方が妙に気になって聴いていると、いつの間にかはまり込んでしまう。フランス人が好むキャラメルやバニラフレーバーの紅茶を飲みながらこの曲を聴くことが、やはりおすすめかもしれない。

　そもそも『お茶の時間』というタイトル自体、そこら辺にありそうでいて、実はなかなかお洒落なのではないか。私の日本語詞の冒頭は次のようである。

　昼下がり　貴方と
キャラメルティー　それとも　バニラ
ああ　バニラしかなかったわ

「お茶を飲むために立ち寄ったのだった」という原詞の冒頭の言葉を、そのままダイレクトに記したくなかった。

詩的修辞法の一つに、具体的事物をそのまま多数並べることによって、そこから受けるイメージを重層させてゆく方法があるが、彼のほとんどの作品に、そのような表現方法が多用されているようだ。『L'heure du thé』の中では、モジリアーニ、ガブリエル・フォーレ、モーツァルト、ローラン・ヴルズィー、カラン・ルダンジェと、古今の名だたる画家、音楽家、女優などが登場してくる。

カラン・ルダンジェはフランスで人気のある女優であり、原詞中で「彼」が「私」におしゃべりする話題の一つになっているのだが、この女優は私の訳詞の中には登場しない。日本語の歌詞に置き換えたとき、一般的な知名度の点で難ありと判断したことによるのだが、具象物そのものが受け取り手に熟知されていることが、このレトリックを成功させる必須条件ではないかと思っている。

その意味で、こうした修辞法を多用する外国の詩の翻訳は大変難しいと言えるだろう。そのまま訳さないとオリジナルには忠実でなくなるが、それを受け取る側が知らなければ、「何のこと?」となり、共感を得られないばかりか、そこでイメージが断絶してしまう危険性すらある。

この曲中では、人名以外にも、さらにキャラメルティー、バニラティー、サン・セヴラン通り、ハム、ピューレ、燭台と具象物が続く。

サン・セヴラン通りは、実際には知らなくても、フランスっぽいどこかの洒落た通りだろうと感じられれば、それでよいのではと思い、訳詞の中に採用した。

ハム、ピューレ(マッシュポテトなどの裏ごし野菜)、燭台は、「お茶の時間」から「夕食の時間」へ変わるタイミングでテーブルに供されたのだろうけれど、日本語で突然出てきても、あまりイメージが広がらないと判断したので、こちらは割愛した。

ハム、ピューレの類、言い換えるなら、異文化への理解とその伝え方の問題は、実はなかなか奥が深いのではないだろうか。

モジリアーニ以下の人名も同様で、モジリアーニのポスターを部屋に飾り、モーツァルトとフォーレ、ローラン・ヴルズィーを好んで聴くと記すだけで、極言すれば何も説明しなくても、その嗜好、生活ぶり、習慣やセンス、部屋の様子、恋人同士のあり方まで見えてしまう。

共通の土壌、文化であることが、詞の世界を理解し、イメージを鮮明に広げてゆく重要な要素の一つと言えるのではないだろうか。

原詞のニュアンスを出来るだけ忠実に、メロディーに乗せて伝えたい、しかも自然で美しく共感できる日本語で……。

そうしたこだわりと、どう共存してゆくか。難しいことだが、そこに訳詞の醍醐味があるように感じている。

何でかわからないけど　始まり
びっくりするくらい当たり前に
終わりは来る
心か体か　どこか深いところに
押される刻印が
恋なのかもしれないね

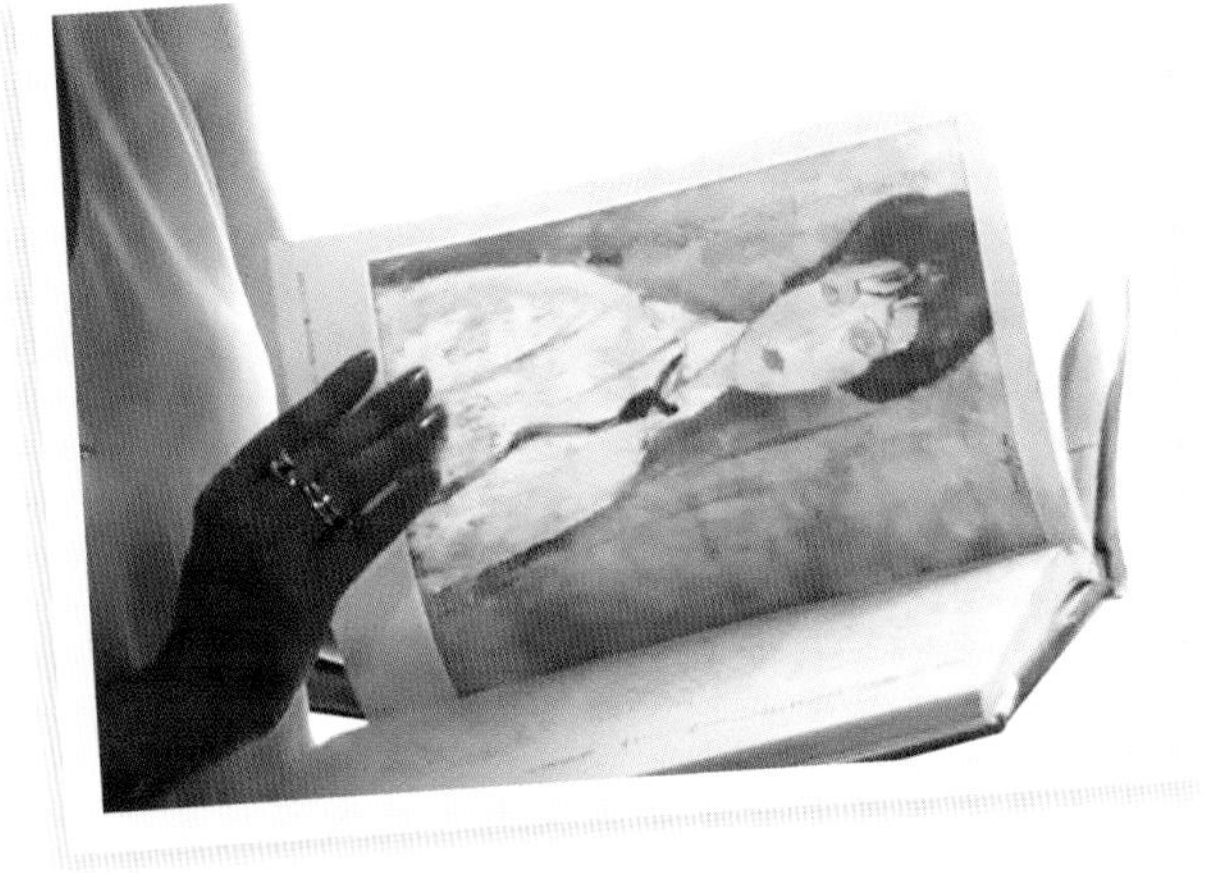

# 5

# ノワイエ ～溺れてゆく君～

*La noyée*

# ノワイエ 〜溺れてゆく君〜

君は　流れてゆく
思い出の川を

僕は　君を　追いかけ
川辺を　走り続ける
苦しげに　抗《あらが》いながら
君は　溺れてゆく

少しだけ　僕は追いつき
君の　名前を呼ぶ

流れに　からまれ
君は浮かび　また沈む

愛に　疲れ果て　君は
思い出の川を　さまよう

汚れたドレスの裾で
君は　顔を隠す

# La noyée

ためらいながら
今
君は　僕を　待っている

流れる　漂う
命尽きた　子犬のように
今も　君の　虜《とりこ》だから
僕は　川に　身を投げる

思い出の川は　尽きて
忘却の海に　たどり着く

遠ざかる意識の中で
二人は　一つに　結ばれる
遠ざかる意識の中で
二人は　一つに　結ばれる

一九七二年、セルジュ・ゲンズブールによって発表された作品である。

原題の『La noyée』は、「溺死者」の女性形なので、正確を期せば「溺死した女」という意味になろうか。

そもそもはゲンズブールがイブ・モンタンに提供した曲だったが、モンタンに拒まれ、結局レコーディングされないまま、未発表曲になってしまったという。

ゲンズブール自身は、一九七二年にただ一度だけテレビ番組で歌ったことがある。そのときの貴重な映像が残っていて、没後の一九九四年に彼のビデオを集大成したものが売り出されたが、その中にこれが収められていたので、入手して聴いてみた。ゆるやかな川の流れのように、シンプルに淡々と歌っていたのが印象的だった。

一人の女が溺れ死のうと
それを男がどんなに引きとめようと
恋が終わろうと成就しようと
そんなことには何の意味もなく
時は　忘却の中に全てを流してゆく

あっけらかんとした何気ない日常として、すべては終わってゆく。そんなのんびりとした、まるでうたた寝でもしていそうなピッチでこの悲劇が歌われていくところが、まさにゲンズブール的な世界であり、だからこそ実に悲しいという逆説的な効果を生んでいるように思われる。

君は流れてゆく　思い出の川を
僕は君を追いかけ　川辺を走り続ける

やがて　君は力なく溺れてゆく
僕は　君の思い出の川に　身を投げる
そして二人は　忘却の海にたどり着き
結ばれる

人が溺れて流されてゆくにもかかわらず、綺麗な単色の水彩絵の具で描かれたような不思議なメルヘンチックな絵が見えてくる。

水は透き通っている。

恋人ハムレットと心を通わすことができない悩みに打ちひしがれて、ついに狂いの中で入水《じゅすい》してしまったオフィーリアがふと思い出された。

一説には、ゲンズブールはアルチュール・ランボーの詩『Ophélie（オフィーリア）』に想を得てこの曲を作ったのではと言われているが、いずれにしてもこのシェイクスピアの悲劇は、物語自体に絵心を誘われるところがあるのだろう。

古今東西、多くの画家たちが川を流れてゆくオフィーリアの絵を描いているが、若き日、画家を夢見ていたというゲンズブールが絵筆を持ち、スケッチするように、この『ノワイエ』を作詞し、作曲したのではと想像が広がる。

そういえば、人生そのものが演劇的で、その中で常にニヒリストを演じようとしたゲンズブールは、ハムレットによく似ているのかもしれない。

日本では、一九九五年に発売になったCDアルバム『ゲンズブール・トリビュート95』の中に、永瀧達治氏の訳詞で、『ノワイエ（溺れるあなた）』の曲が収録されている。

その訳詞では、溺れてゆくのは四十歳の男、それを冷ややかに見ているのは二十歳の女と、原詞にはない独自な設定となっているが、ジェーン・バーキンをはじめ、年の離れた若い歌手や女優達と多くの浮名を流したゲンズブールの実像と強く重ねた訳詞と言えようか。

滑稽で、それがまた哀しい道化のような「四十のあなた」のみじめに溺れてゆく姿が白日の下にさらされ、「二十歳の私」の目を通して淡々と綴られていく。シャンソンライブでときどき耳にする『ノワイエ』の日本語詞は、ほとんどがこの永瀧氏のものではないかと思う。

私は原詞の通り、流れてゆくのを女性として訳したのだが、これによってやはり、曲の印象は随分異なったものになってくる。

ゲンズブールが存命であれば、なぜ、この『La noyée』をこれ以後、自ら歌わなかったのか、聞いてみたい気がする。

最近になり、フランスでもカーラ・ブルーニをはじめとする何人かの歌手によって取り上げられている。紆余曲折を経ても、やはり素敵な曲は、作者の元を羽ばたいてずっと生き続けていく生命力を持つのだろう。

何かとても嬉しくなる。

オフィーリア
恋の狂気に　身を投げた
冷たい水に
そのまま　流されてしまいたかったんだろう

# 6

# ロスト・ソング

*Lost song*

# ロスト・ソング

ロスト・ソング
二人は　恋の闇の中を　さまよい続けた
ロスト・ソング
二人は　疲れ果てて　愛を見失った

優しげなふりをする　あなたの嘘が
空回りする

退屈そうな　あなたの瞳が
冷たく　私を見てる

ロスト・ソング
失った夢
次の恋を　あなたは　追いかけた

ロスト・ソング
待ち続けた日々
あなたの言葉を　私は　信じていた

# Lost song

深い闇の中で
あなたの声が聞こえなくなる

道に迷った　私の恋は
最後の悲鳴をあげる

ロスト・ソング
あなたは　恋のジャングルで
愛を弄《もてあそ》んだ

ロスト・ソング
私は　あなたのものじゃない
心が　壊れてゆく

優しげに私を呼ぶ
あなたの声が遠ざかる

道に迷った　私の恋は
最後の悲鳴をあげる

けだるい旋律に乗せて、ジェーン・バーキンがはかなげに歌っているが、どこかで聴き覚えがあるメロディー。

作詞・編曲はセルジュ・ゲンズブールだが、実は『ペール・ギュント組曲』二番作品五十五『Solveig's Song（ソルヴェーグの歌）』を下敷きにして、彼がアレンジを加え、新たに歌詞を付けたものである。

もともと『ペール・ギュント組曲』は、ノルウェーを代表する劇作家、ヘンリク・イプセンの戯曲である。

スウェーデンに古くから伝わる伝説上の人物をモデルにして描かれた作品と言われ、当初イプセンは上演を目的としない戯曲として執筆したのだが、後にこれを音楽詩劇として舞台上演することとし、その作曲を三十歳の新進気鋭の作曲家、グリークに依頼した。

楽曲は全幕で二十三曲からなり、一八七六年に初演されて大成功を収め、以後、グリーク自身が八曲をここから選び、それを二つに分け、組曲として再構成した。現在、『ペール・ギュント組曲』として演奏され、親しまれているのはこの形である。

『ペール・ギュント組曲』を初めて聴いたのは、中学一年のときの「音楽鑑賞」の授業だった。静寂の中でクラシック音楽に集中する時間は、大人の世界に一気に足を踏み入れるようでもあり、音楽が訴えてくる圧倒的な力を新鮮な思いの中で体感していたような気がする。

しかしながら、主人公のペール・ギュントは、言ってみれば大言壮語の空想家で、女好きの放蕩者。彼の波乱万丈な冒険物語と言われても、身勝手でわがままな男が考えもなしに行動し、周囲の人たちを不幸にしているだけではないかと、義憤に似た思いを感じたことを思い出す。

とくに中学生の私には、恋人ソルヴェーグに対する彼の仕打ちは、到底認めることなど出来なかった。

純真一途な婚約者のソルヴェーグを故郷に置いたまま、勝手に妄想や野望を抱いて放浪を繰り返したり、他人の花嫁を略奪したり、挙句の果てには落ちぶれて、心弱ったときだけ彼女のもとに泣きついて帰る。

それでも、恨みごとの一つも言わず、いつでも彼を許し、優しく迎え入れ、また送り出し、長い不在に耐え、ついには老い傷ついた彼の最期を静かに看取るという彼女が、あまりにも哀れで衝撃的だった。

『人形の家』など、女性の自立をテーマに作品を書いていたイプセンが、なぜこのような女性をヒロインにしたのだろうか。

前時代的な従順さ、純粋さとも思えてしまうが、翻ってみると、徹底して「信じること」、「待つこと」、「許すこと」は、究極の愛の形であり、真に聡明で揺るぎない心を持っていなければ、それを貫き通すことは難しい。イプセンは彼女を、そのように自分を貫くことのできる、強く美しい女性として描きたかったのかもしれない。

イプセンの原詞がほぼ忠実に訳されている堀内敬三氏の訳詞がある。

冬は過ぎて　春過ぎて　春過ぎて
夏も巡りて　年経れど　年経れど
君が帰りを　ただ我れは　ただ我れは
誓いしままに　待ちわぶる　待ちわぶる

格調高い文語体の中に、慎ましく誇り高いソルヴェーグの像が、くっきりと刻まれている。

では、ゲンズブールが描いた女主人公はどのような女性なのか。

一九八七年に発表された同名のアルバムに収録されている『Lost song（ロスト・ソング）』は、『ソルヴェーグの歌』の旋律をそのまま採りつつも、重くスローなロック風のサウンドに変えて、曲中の女主人公の虚脱感を醸《かも》し出している。

詞の内容は、ゲンズブールの完全なオリジナルである。狂おしく燃え上がったはずの二人の恋はすれ違い、今や破局を迎えて、冷ややかに去って行く男への女の思いが語られている。

詞を読んだときにまず、「Dans la jungle de nos amours éperdues（私たちの狂おしい恋のジャングルの中で）」という表現が、強烈に心に飛び込んできた。

それから、「Se déchire, s'entretue（互いに傷つけ合い、殺し合う）」という言葉にも、本来のソルヴェーグの包容力にあふれた柔和な愛とは対極にあるような愛憎の世界が見えてくる。嘘をつき、裏切り、ただ恋を弄《もてあそ》び、果ては他人行儀に振舞おうとする、あなたはそういう人なのだと言う。

イプセンが創り上げた純潔無垢なソルヴェーグの心を反転させて、ゲンズブールはこの曲の中で、新たなソルヴェーグ像を描き出そうとしているのではないだろうか。


「信じ」、「待ち」、「耐え」、「愛し続け」の対極にあるものは何か。

「耐えて待つ」というと、日本的、演歌的世界のような感じがするが、必ずしもそんなことはなく、シャンソンにも待ち続ける女性の心情は多く歌われている。

けれども、そうしたどの歌にも、「待つこと」に自分なりの希望や意味を見据える意思が貫かれていて、これこそがフランス的な自我のあり方ではないかと思えてくる。

『ロスト・ソング』の中の女主人公は、愛の不毛を見てしまったからには、もはや待つことに何の意味も感じないと思い定め、恋に決着をつけようと佇んでいるように見える。ゲンズブールのソルヴェーグは、「切り捨てることを決断する女性」だったのではないだろうか。

もっと前から、あなたに打ち負かされてること
は分かっていた
それは最悪だ、でもあなたの傲慢さが私を打ち
のめしてしまう
あなたは私を「おまえ」と呼んだ後に「あな
た」と呼ぶのだから

これが原詞の最後の部分の対訳だが、「私を打ちのめしてしまう」という言葉にイメージを喚起され、私は次のように訳してみた。

私はあなたのものじゃない
心が壊れてゆく
優しげに私を呼ぶ
あなたの声が遠ざかる
道に迷った私の恋は
最後の悲鳴をあげる

愛の最後を見尽くしてしまった絶望を再生へのエネルギーに変えてゆく、潔くしたたかな、もう一人

のソルヴェーグが浮かんでくる。

死んだ女より もっと哀れなのは 忘れられた女です
と、マリー・ローランサンが言ってる
退屈な目をして やさしい嘘をつくのは 一番罪だよ
女の心は悲鳴をあげて
ガラスみたいに砕け散るんだ

# 7

# チョコ娘

*La femme chocolat*

# チョコ娘

食べ過ぎたの　ショコラ
でも　大好き　ショコラ
骨をけずって　お願い
お腹も　かじって
必ず　スリムな女に変身する

きいちごの枝みたいに
私の舌は　伸びる　ショコラ
ねらっている
必ず　素敵な女に変身する

止まらない　ショコラ
どこまでも　伸びていく
あなたのキスで止めて
お願い

# La femme chocolat

抱きしめて　優しく
体中が　熱く
とろけてゆく　ショコラ
血の中を　チョコレートが流れる

ある日
私は飛び立つ
ふくらんだ体で　空の中に浮かぶ

長い雲は　エクレア
流れる星は　トリュフ
夢中で　食べる
私は　チョコレート女に　変身してる

食べ過ぎたの　ショコラ

でも　大好き　ショコラ

原題は、『La femme chocolat』。直訳すると「チョコレート女」という奇妙なタイトルが付いたこの曲は、オリヴィア・ルイーズのセカンドアルバム『La femme chocolat』（二〇〇五年）に収録されている。

二〇一四年二月に（そういえばちょうどバレンタインのころだった）開催したコンサート『君は誰にも似ていない』で、新進気鋭のシンガーソングライターとして、ケレン・アンと、このオリヴィア・ルイーズの二人を特集し、紹介した。

二人とも日本では認知度が低く、ほとんど取り上げられることもないのだが、まさに誰にも似ていない自由な発想のみずみずしい世界を持っていて、強く心惹かれている。

オリヴィア・ルイーズは独創的で魅力溢れる楽曲を次々と創り上げながら、現在も精力的にアルバム制作、コンサート活動を行っており、「ヌーベル・セーヌ」と呼ばれる新たな音楽界の旗手として、その才能を発揮している。

一九八〇年、フランス南部のカルカソンヌの生まれ。父親はスペインの民族音楽を伝える音楽家で、そのライヴを聴きながら幼少時代を過ごしたという。十二歳のときに初めて父とステージをともにして以来、フランスとスペインの楽曲の融合を図る新たな試みにも積極的に取り組んでいる。

二〇〇一年、アイドル歌手としてスタートした彼女だが、二〇〇五年にこのアルバムが発表されると、フランスのみならずヨーロッパ全土で一〇〇万枚を超える売り上げを記録し、二〇〇七年にはヴィクトール賞などの栄誉ある賞を数多く受賞した。

彼女の持ち味である、スペイン系の血を感じさせる大らかでエキゾチックな声質と表現力とが、この『La femme chocolat』には遺憾なく発揮されている。原詞の冒頭を対訳すれば、次のようになる。

斧《おの》で私の腰部を削って
私チョコレートを食べ過ぎちゃった
私の肌をかじって　お願い
私の骨もかじって　必要なら
今こそ大変身のチャンスだわ

さらに、原詞の内容はどんどんエスカレートしていく。

私のとても小さな乳房の先に
尖って、丸っこい二つのハシバミの実が入り
込んでいる
カリッ！　あなたそれを食べて
今こそ大変身のチャンスだわ

少し開いた私の唇の端に
艶のある赤い木苺の木が生えている
あなたキスしてそれを切り倒して……
今こそ大変身のチャンスだわ

キスで私の腰部を揉んで
私チョコレート女になるわ
ヌテラの腰部を溶かして
私の中を流れる血
それは熱いチョコレートよ
（注　ヌテラ＝ヘーゼルナッツ味のチョコレートペースト）

チョコレートを食べ過ぎて、いつの間にかチョコレート女になってしまった！　どうしよう！　どんどん

太って、それでも食べるのを止められない！

まるでチョコのＣＭのような陽気な詞と音楽で、オリヴィアはひたすら楽しそうに歌っている。けれど、その原詞をよく読むと、かなりエロティックで、過激な表現や猥雑味も随所にちりばめられているのだが、それこそがフランス的なエスプリという感じもする。

この曲のタイトルは『チョコレート女』なのだけれど、私はあえて『チョコ娘』と名づけてみた。あどけなさの残る、能天気に夢を見るような底抜けの明るさをもった娘、またそれゆえに何物にも物怖じしない奔放さのようなものを押し出したかった。

伸びやかで健康的なエロティシズムにあふれた『チョコ娘』の物語が楽しく展開される、そんな訳詞になっただろうか。

最後に、私自身が一番気に入っている訳詞のフレーズを挙げておく。

抱きしめて　優しく
体中が熱く

とろけてゆく　ショコラ
血の中を　チョコレートが流れる

心にすき間を感じた時
とりあえず何かで満たそうとする

心がいっぱいになりすぎた時
まずは落ち着きたいと思う

手っ取り早いのは
お酒やたばこなんだろうね

チョコもきっと同じだよ

# 8

# 街

*La rue*

# 街

街の通りをあてどなく　歩く
気がつけば
いつも　私はここにいる

路地裏の片隅に
いくつもの影がうごめく
謎めいて　冷やかで　怒りに満ちている
お人好しで　辛辣《しんらつ》で　時には優しくもなる
つかの間の　夜の闇に
息をつく　私のように

街の通りをあてどなく　歩く
気がつけば
いつも　私はここにいる

降り止まぬ　雨の日は　泥まみれ
惨めになる
晴れた日は　白い服で　腰をくねらせ歩く
娘たちの笑い声が　少し眩しすぎる

# La rue

恋をする　夜の街に
幸せは生まれる

街の通りをあてどなく　歩く
気がつけば
いつも　私はここにいる

雑踏の中　群衆が
押し寄せて来る日もある
吼え叫ぶ　罵倒の嵐
狂おしく飲み込まれ
殺戮《さつりく》の時　銃声　爆弾
人々は倒れる
また立ち上がる
それでも何も　結局　変わらない

街の通りをあてどなく　歩く
気がつけば
いつも　私はここにいる

シャルル・ファロー作詞、イヴァン・ゴスラン作曲、一九三六年にダミアが歌って大ヒットした曲『La rue』である。

この曲に先駆け、ダミアは同年に彼女の出世作である『暗い日曜日』を発表している。そのあまりの暗さに自殺者が続出し、発禁処分にまでなったという問題作だ。当初は『暗い日曜日』のほうが大きく話題になったが、この『La rue』は野太く響く、それでいてどこか哀愁を帯びたダミアの歌声が、一九三〇年代のパリの街の粗野で雑多な雰囲気を彷彿とさせる仕上がりとなっている。

きな臭い戦争の匂いが立ち込めて、争いごとも日常茶飯事の日々の暮らし。パリの街を行き交う人たちの熱気、罵倒、嬌声、あっけらかんとした会話。ささやかな出来事に様々な喜びや怒りを抱えながら、たくましく暮らす人々の姿が見えてくる。

訳詞のタイトルを『街』としたが、原題の『La rue』は、「街」「通り」の意味。この作品の場合には、「通り」のニュアンスが強いのではと私は感じている。そう思うと、タイトルも『街』ではなく、『通り』のほうがふさわしいのではないかという気もするのだが、既に『街』という邦題が付き、「街よ街よ」という歌い出しとともに日本でも周知のシャンソンとなっているので、私もこれに従った。

曲中の「la rue」は、いつもの路地裏、住まいの周辺、自分の匂いのする狭いテリトリーとしての「私の通り」であり、「私の街」を指しているのではないだろうか。パリの街は、昔から通りごとに住み分けがなされていたようで、歴史とともに独自の年輪のようなものが備わり、それぞれに固有の生活や表情があったのだろう。

この曲には、これまでに日本語の訳詞がいくつも作られていて、それぞれに親しまれ、歌い継がれてきている。

例えば、「街よ　街よ　心のふるさと」と始まり、街をそぞろ歩きする楽しさや、昔の恋を懐かしみながらノスタルジックな思いに浸るという内容の薩摩忠氏の訳詞がよく知られている。

また、失恋の苦しみを心に抱きながら、街に恋人の面影を求めてさ迷い歩くという永田文夫氏の訳詞もロマンチックで素敵だ。

シャンソンには、やはり恋の香りが似合う。

原詞には、街の夜の闇が恋人たちの想いを密やかに包み込んでいるというような内容の記述があり、緩やかな三拍子のリズムと旋律が恋の物語を広げてゆく。

しかしながら、この曲はいわゆるラブソングではなく、民衆が地の底から日々の生活の中の喜怒哀楽を歌い上げる、魂を吐き出すような歌なのではないかと、私は思っている。

どんな逆境にあってもたくましく生き抜く力、絶え間ない戦争や権力者の圧政に理不尽に呑み込まれてゆくことへの怒りや悲しみ、だからこそ、その中で生き抜くことへの愛おしさや、声を上げ続けるエネルギー……。そのような強い感情が、様々に生々しく歌いあげられていて圧倒される。

この曲に関しては、あえて出来る限り原詞に忠実な訳詞を心掛けてみた。愛着の深い曲であり、折に触れ、私自身もコンサートで歌ってきたが、聴いていただいた方から嬉しい感想が寄せられることが、これまでに何度かあった。例えばその一つに、次のようなものがある。

「日本語で歌われる『街』をこれまで色々聴いてきて、この曲は穏やかでロマンチックな内容の、しっとりとした味わいがある曲だと思ってきました。けれど、ダミアの原曲を聴いてみると必ずしもそうではなく、とくに三番などは、なぜあのような迫力で吼えるように歌うのか、ずっと不思議でした。でも、この歌詞ならと納得出来た気がします」

訳詞に込めた私自身の思いを受け止めていただけたことがことのほかうれしく、またこの歌詞で歌ってくださる方が少しずつ広がっていることも、訳詞者としては大いに幸せなことだと感じている。

原詞と向き合い、それを感じ取る自分自身と向き合い、さらに自分の中の日本語を鍊磨することと向き合う。

苦しくもあるが、自分にとって訳詞をすることは、そのようなわくわくする創造であり、かけがえのない一期一会のときであるのかもしれないと思っている。

一日中街を眺めていても　全然退屈しない
通りがあって　路地があって
それが　みんな　違うんだ
いろんな人が行き交い　いろんなことが起こってる
そこに刻まれた　たくさんの時間が見えてくる

# 9

# この路地で

*Dans ma rue*

# この路地で

モンマルトルの片隅で　私は生まれた
呑んだくれの父と　働きづめの母と
私は　いつでも　病気ばかりしてた
ベッドの窓の下　路地を　いつも見てた

Dans ma rue
ここに　路地裏に
夜のとばりが　降りる頃
誰かが歌う　はやり歌が　遠く眠りを誘う

怪しく行き交う男と女
笑いと吐息が　夜を破る
Dans ma rue
私は　眠ったふり　長い夜に　ふるえた

酔いどれて　或る日　父は　こう言った
お前は　もう一人で　稼いでゆくんだ
器量も悪くない
他《ほか》の女のように　夜の街に立つ
それだけの　ことなんだ

# Dans ma rue

ここが　私の　いるところ
夜のとばりに　包まれて
誰かが歌う　はやり歌が　切なく心を誘う

怪しく行き交う男と女
笑いと吐息が　夜を破る
Dans ma rue
私も　路地に立つ　長い夜に　凍えた

やがて　家も家族も消えて　一人ぼっち
力尽きて　人に　施しを乞う日々
優しい言葉は　どこにも探せない
みすぼらしい私に　皆　目を背ける

それでも　私は　ここにいる
夜のとばりに　紛れて
命尽きて行く　時を見つめ
幸せってどんなだろうと　思う

# この路地で

雨に打たれ　行き場なくただうずくまる
神様の元に　こうして向かう

Dans ma rue
ここで　路地裏で　私の夜が　今　終わる

# Dans ma rue

一九四六年にエディット・ピアフによって歌われた『Dans ma rue』である。作詞・作曲は、ジャック・ダタン。

前述の曲『街』でも触れたが、「rue」は、ここでも「街」というより「通り」「ストリート」の意味に近いので、『Dans ma rue』は『私の通りで』となるのだろうが、原曲のイメージから、「通り」よりもさらにもう少しうらぶれた感じを出したくて、『この路地で』という邦題にしてみた。

一九四六年というと、フランスにおいても懐メロの範疇《はんちゅう》に入るのではと思うのだが、来日公演もし、日本でも人気の高いザーズが、CDアルバム『ZAZ』(邦名タイトル『モンマルトルからのラブレター』)でカヴァーしていて、印象に残っている曲だった。

この曲は、ピアフのレパートリーの中でもそれほど知名度は高くはないが、斬新な現代ポップスの最前線を自由に闊歩しているようなザーズという若いシンガーが、この曲に注目したことは大変に興味深い。

モンマルトルのストリート・ミュージシャンとして路上ライヴを繰り広げてきたザーズにとって、同じくモンマルトルの街角で歌っていた若かりしころのピアフは、自らと重なる部分があったのかもしれない。

　実際、ザーズは「モンマルトルの歌姫」と称され、その個性的なハスキーボイスとエネルギッシュな歌唱力とで、「ピアフの再来」との呼び声も高い。

『Dans ma rue』の曲中の女主人公もまた、モンマルトルに生まれ、苦界に身を置く。やるせなく響くピアフ、そしてザーズの歌声を聴いていると、そういう世界が繋がって見えてくる気がする。

モンマルトルの片隅で　私は生まれた
呑んだくれの父と　働きづめの母と
私は　いつでも　病気ばかりしてた
ベッドの窓の下　路地を　いつも見てた

　私の訳詞の冒頭だが、一読しただけで、哀れな末路が予感されるのではないかと思う。予想に違わず、主人公の悲劇は続いてゆく。

　いつもじっと路地を眺めていた女の子は、やがてすさんだ生活の中で酒に溺れる父親から、「自分の力で食いぶちを稼げ」と命じられる。「他の女と同じように、夜の街に立てば済むことなのだ」と、父親は言う。

彼女は娼婦に身を落とすこととなるが、その境遇をすんなりと受け入れることができないでいる。そうこうするうちに一家は離散し、やがて住む家もなく、惨めに落ちぶれて、他人からの施しを待つ身となる。


いかにもありそうな往年のシャンソンという気はするが、心を強く揺さぶられる。

命尽きる最期のときに、彼女はひたすら神に魂の救済を求める。神様の元で温めてもらえますように、天使が自分を安らぎの世界に連れて行ってくれますように……。そう祈りながら、彼女は息を引き取る。

『Dans ma rue』の最後のフレーズに、祈りのように語られている言葉「神様が温めてくれる」に胸を打たれる。

「天使」や「神」という語には西洋的な匂いを感じるが、私の訳詞では「神」や「天使」を繰り返すことはあえて避けて、「神様の元に　こうして向かう」の一言に万感の思いを込めてみた。

ゾラの長編小説『居酒屋』を思い出す。

健気で働き者の洗濯女ジェルヴェーズが、平凡な幸せを夢見て、苦境に立ち向かってゆくのだが、過酷な運命と貧困とに翻弄され、ついには自らも自堕落な生活に転落し、絶望の中で無残に死んでいくという物語。

人間は、その人格も、倫理観も、幸不幸も、すべては社会環境によっていかようにも変化するものだという、ゾラ特有の自然主義哲学に貫かれている衝撃的な作品だ。

フランスに限らず日本でも、長い歴史の中で、家族を救うために身売りする女の子たちの実話は山のようにある。現実は小説よりもさらに悲惨かもしれず、戦争や貧困のもたらす悲劇は、フランスでも日本でも共通して生まれていたに違いない。


話は変わるが、戦後の歌謡史を、その時代背景と重ね合わせて語るテレビ番組を観た。その中で、一九四七年(昭和二十二年)のヒット曲、『星の流れに』(作詞・清水みのる、作曲・利根一郎、歌・菊池章子)を取り上げていた。

「終戦で、奉天から単身引き揚げてきた従軍看護婦の女性が、東京の焼け野原の中に一人置かれ、働くすべもなく、飢餓状態に陥った末、ついには娼婦へと身を落とした」

その女性が、自らの転落の顛末を手記にして新聞に投稿した。その記事に触発され、彼女をモデルにして作られた曲なのだそうだ。最初は『こんな女に誰がした』というタイトルで発表されたのだが、日本人の反米感情をあおることになるとGHQが問題にしたために、急遽《きゅうきょ》、『星の流れに』というタイトルに変更されたのだという。

星の流れに　身を占って
何処をねぐらの　今日の宿
荒《すさ》む心で　いるのじゃないが
泣けて涙も　涸《か》れ果てた
こんな女に誰がした

『Dans ma rue』は一九四六年、そしてこの曲は一九四七年。ほぼ時を同じくして東西で歌われた曲に、同様の心境を感じる。

が、しかし一方、『Dans ma rue』には、女性に起こった運命の一部始終を淡々と事実として物語ってゆく客観的な視点があるのに対し、『星の流れに』には、怒りや絶望や喪失感などが主人公と一つに重なって情感に訴えて語られてゆく、そんな差異もある。

フランスのシャンソン、日本の歌謡曲のそれぞれが持つ典型的な特徴の一つを見るような気がして、とても興味深い。

『この路地で』が、時代を背負いながらも、心に沁み入ってくる歌として受け止められてゆくことを願っている。

フランダースのパトラッシュは
犬ながらあっぱれだ
ネロに最期まで寄り添った
究極の献身だね
この歌の娘は心が凍えて
一人ぼっちで死んだんだ
僕が温めてあげたかったよ

# 10

# もう何も

*Plus rien*

# もう何も

もう　何も
深い夜

あなた　私
手のぬくもり

言葉は　あとで
甘い唇
私は　狂う
あなたに　くるまる

あなたも　狂う
闇を　転がる
燃え立つ火柱
夜を染める

# Plus rien

確かめ合い
揺らめき合う
二人の炎

こがね色に
光を変え
青く闇に落ちる

もう　何も
手のぬくもり

あなた　私
静かな夜

バルバラ、一九六八年の作品である。

思えばシャンソンの世界に触れるようになって、最初に心魅かれたのはバルバラだった。バルバラの曲を聴き、その詞を味わうことに夢中だったころを思い出す。その中でも『Plus rien』は、聴いた瞬間に強く心に入ってくるものを感じた。

もう何もない　何も
静寂だけ
あなたの手、私の手
そして静寂
言葉、どうして？
なんて重大な！
もっと後、明日
秘密の話

原詞の冒頭を対訳すればこうなるが、この調子で、短い言葉がポツポツと呟くように続いていく。一分半程度しかない短い曲に、極端に少ない言葉がのせられている。

フランス語の原詞でさえこれほど言葉が限定されているのだから、ましてこれに日本語をあてはめていくのは至難の技であり、よほど言葉を厳選して、一語一語の重みを最大限発揮していかなければ訳詞として成り立たないと思った。

しかも、原詞のシンボリックで飛躍的な情景描写を日本語で表現することは、相当ハードルが高い。私の訳詞の冒頭は次のようになった。

もう　何も
深い夜
あなた　私
手のぬくもり

原詞を日本語に置き換え、メロディーにのせると、これぐらいの文字数でしか表せないのだ。

夜の中に変幻する恋人達の吐息が聞こえてくるような、魅力的なメロディーライン。メロディーそのものに誘い込まれるような独特なエロティシズムを感じてしまう。

この曲の持ち味である、言葉だけを無造作に置いてゆくような作り方を日本語でもしてみたかった。唐突ではあるのだが、ふと浮かんだのは、山口洋子氏が作詞して、五木ひろしが歌ったヒット曲『よこはま・たそがれ』だった。

よこはま　たそがれ　ホテルの小部屋
くちづけ　残り香　タバコの煙
ブルース　口笛　女の涙

フランスの国民的詩人として知られ、脚本家、作詞家でもあるジャック・プレヴェールが作詞した『夜のパリ』や『朝の食事』なども同様だ。

言葉だけがちりばめられてゆく短い作品の中で、三本目のマッチが消えた後の暗がり（『夜のパリ』）や、コーヒーカップと灰皿を見ながら手に顔を埋めて泣いている女の姿（『朝の食事』）が目の前にくっきりと現れてくるから、こういう言葉の力に限りない憧れを感じる。

何気ない言葉を、いかにも何気なく置きながら、情景があふれ出してくるような訳詞を作ってみたいと思った。

そして、冒頭から続く私の訳詞は、次のようになった。

言葉はあとで
甘い唇
私は　狂う
あなたに　くるまる
あなたも　狂う
闇を　転がる

聴く側の五感に、セクシュアルな感じを伝えたかった。

「くるまる」か、「くるまれる」か。「くるまる」は能動的、「くるまれる」はやや受動的なニュアンスがありそうだ。私は、「あなたにくるまれる」のではなくて、「あなたにくるまる」にしたいと思った。

日本語の微妙なニュアンスや語感にこだわるのは、興味深い作業だと感じる。極端に抑えた言葉が、場面や物語、思い、表情までも浮かび上がらせる。そんな底知れぬ言葉の力を引き出してゆけたらと、いつも思っている。

心から嬉しいとき
悲しいとき
愛しさでいっぱいになったとき
美味しさに充たされているときだって
たくさんの言葉はいらないよ

# 11

# 優しき調べ

*Chanson tendre*

# 優しき調べ

君と過ごした　二十歳の思い出
リラ咲き乱れて　小鳥は戯れ

僕を誘う　白いドレスの君
もう一度　訪れたい
あのオーベルジュ

君とのすべては　今ここに眠る
鏡の中にさえ
僕は　君の名を見つけるだろう
君の声は　優しく僕にささやく
私のそばにいて

君と過ごした　あの部屋の扉
熱い涙が　僕の頬をつたう
昔のままに　心はときめく
もう一度　君に出会える
あのオーベルジュ

# Chanson tendre

けれど　誰もいない部屋
立ち尽くす僕
鏡の中に
僕のゆがんだ顔が映る
扉を閉める　君は本当にいない
C'est fini

君とのすべては　今は消え去り
朽ち果てたベンチに　暮れ行く森をみる

帰らない君
美しく　残酷な　僕の心を引き裂いた君
あのオーベルジュ

僕は再び訪れはしない
鏡の中にさえ
僕は　君を見つけたかった
君の声は　優しく僕に告げる
恋の終わりを

この曲の原詞は、ことのほか言葉数が多くて、短い旋律の中にとてつもなく早口のフランス語が詰め込まれている。

日本語の音節の特徴からいっても、原詞の内容をすべて忠実に日本語詞で表現することは難しく、訳詞をしていくうえで、いつも以上にイメージを広げ、それを凝縮し、言葉を選ぶことを要求された気がする。


一九三五年、フレールが歌ったヒット曲だが、後にコラ・ボケールやバターシュなど、様々な女性歌手が独自の味わいで歌っている。

九十年近く前の曲であるのに、時代のサビは少しも感じられない。端正なピアノの伴奏にのせて歌われる歌は、むしろ新鮮で、一編のフランス歌曲を聴くような優美で詩的な空気が漂う名曲だと私には思われる。


『Chanson tendre』は、「優しいシャンソン」という意味。私は『優しき調べ』というタイトルにした。

恋に破れた「僕」が、彼女への想いを断ち切りがたく、かつて二人が恋を育んだ思い出の場所であるオーベルジュを訪ねる。調度をはじめ、昔のままの佇まいが残された部屋。でも彼女の姿はなく、もはや取り戻す術もなく、終わってしまった恋を思い知らされることとなる。

原詞中の「C'est fini」（終わりだ）、「On' s'en fout」（そんなことはどうだっていいんだ）という、投げ捨てるように歌われる言葉が、「優しいシャンソン」の正体ということになるだろう。タイトルそのものが最もシニカルであるとも言える。

原詞中に、「僕」はせめて「鏡の中」にでも君の名を見つけたいのに、それさえもかき消されてしまっているという表現があり、この部分がとても印象的だったので、「鏡」を訳詞の一つのポイントとしてみた。

「鏡」といえば、この曲に想いを馳せるとき、なぜかいつも思い出す映画がある。『わが青春のマリアンヌ』という古いフランス映画だ。

寄宿舎に暮らす孤独な少年ヴァンサンが、あるとき故郷に戻り、近くの湖のほとりにある「幽霊屋敷」と呼ばれている古城に迷い込む。そこでマリアンヌという名の美しい女性に出逢い、心惹かれる。

迷い込んだ部屋の壁に、燭台を持った美しい女性の肖像画がかかっていた。彼がそれにうっとり見とれていると、突然、後ろに何かの気配を感じる。振り向いてみると、その肖像画が鏡に映っているのが目に入る。次の瞬間、鏡の中から肖像画が消え、その肖像画の女性マリアンヌが燭台を持って立っている。鏡だと思ったのは、実はただの枠で、その後ろを女性が通ったという種明かしなのだが……。

その後、話は様々に展開し、やがて彼女がこの古城の囚われの身であることを知り、彼女を救出すべく彼は再び城を訪れるのだが、そのとき彼女の姿も、その痕跡すらもまったくなく、ただセピア色をした彼女の肖像画だけが一枚残されていたというストーリーである。

もちろん、この曲『Chanson tendre』と映画とは何の接点もないのだが、どこか通じ合う甘美な余韻を感じてしまう。

『Chanson tendre』の原詞の後半は、次のように続く。

しかし、何もかもが場違いだった

私は頭を下げたままだった
鏡に自分を映すために
面と向かい、苦渋に満ちた顔をして……
ついに、私はドアを押した
私にはどうでもいいこと
万事休すだ
万事

この部分を、私は次のように訳してみた。はたして「鏡」が印象的な詞になっただろうか。

けれど　誰もいない部屋
立ち尽くす僕
鏡の中に
僕のゆがんだ顔が映る
扉を閉める　君は本当にいない
C'est fini

古い洋館には　たいてい
肖像画と　大きな鏡が　掛かっている
鏡を　じっと見るの　僕　好きなんだ

# 12

# 世界の片隅に

*Au coin du monde*

# 世界の片隅に

溶けてゆく　ロウソクの　名残り火の中に
夜が落ちてゆく
脈打ってる胸の鼓動を　聞いている
時が過ぎてゆく

遠く　近づいてくる
夜が明ける　この香り
一筋の光が
ありますように

立ち尽くすしかできないことって
突然　起こってくる
戸惑ってるだけの自分を　眺めてる
涙がつたう

遠く　雪解けが見える
世界の　この片隅に

# Au coin du monde

一筋の光が
ありますように

この世界に
小さな私と　あなたが
ここにいる
それだけで　良い
つなぎ合う　ぬくもりを
今
静かに感じている
噛みしめてみる

遠く　オーロラが見える
世界の　この片隅に
一筋の幸せが
灯りますように

あなたの上に

二〇一一年の東日本大震災の直後に届いた一通の手紙が、この訳詞『世界の片隅に』を作る直接のきっかけとなった。

三月十一日の震災の数日後、被災地に住む友人Yさんから受け取った手紙。

「私は仕事場で皆でお茶休憩をしているところでした。

横揺れがいつもより少し長いな、と感じているうちに、地面の底から何かが出てくるのではないかと思うくらい不穏な音とともに揺れが強くなっていきました。

身の危険を感じて皆で外に出ると、電線は激しく波打ち、隣のアパートのガラスがガタガタ音を立て、前のお宅の奥さんも外に出て庭にしゃがみこんでいました。

地上では明らかに不穏な空気が身体を覆っているのに、空は穏やかできれいな青空だったのを覚えています。

橋を渡れば我が家です。自転車で橋を渡っていくと、目の前に信じられない光景が広がっていました。晴れているはずなのに路面がずっと先まで濡れているのです。ブロック塀が崩れている家や、瓦が飛んでしまった家、窓ガラスの破片が道路に飛び散っている工場等々。

呆然としたまま我が家に辿り着くと、アパートの前のアスファルトや電柱から泥水が噴出し、大量に流れ出ていました。路面が濡れていたのはそのせいでした。液状化現象、まさにそれが目の前に広がっていたのです」

手紙には、何時までも明けなかった震災の夜の長さのこと、家族と言葉を交わし続けたこと、星と月が明るいと改めて気づいて驚いたこと、自然への畏敬、その中でひたすら祈ったことなどが綴られていた。

ろうそくの光しかない停電の暗闇の中でカーテンを開けてみると、地上に明かりはなくても夜空は結構明るくて、子どものころにはわかっていたそんなこともすっかり忘れていた自分に気づいたとも書かれていた。

静かに語られたその手紙を読んだとき、以前から知っていた『Au coin du monde』という曲が浮かんできた。そして訳詞が自然に生まれた。

世界のこの片隅に
一筋の幸せが　灯りますように

この訳詞を『世界の片隅に』というタイトルにしたのだが、「アニメ映画とどういう関係があるのか？」、「映画のタイトルを真似たのか？」などと、ときどき問われることがある。

『この世界の片隅に』というアニメ映画が上演されたのは二〇一六年。一方、この曲が発表されたのは二〇〇二年なので、アニメ映画を真似たわけではないのだ。

映画は、こうの史代氏原作の同名漫画をアニメ化した作品で、広島と呉を舞台に、「すず」という主人公の女性が過酷な戦時下をけなげに生きる姿と、彼女を巡る様々な人間模様を描き出したヒット作である。

この世界の片隅で、それぞれの思いを抱きながら、一人一人がかけがえのない命を精一杯生きようとしている。そういう人間同士が共感し合い、励まし合うことがどんなに大切か、映画の全編に貫かれているテーマは、私の訳詞『世界の片隅に』への思いにも通じるものがあると強く感じる。

さて、訳詞『世界の片隅に』についてだが、原曲はケレン・アンによって歌われた『Au coin du monde（世界の片隅）』。作曲はケレン・アン本人で、作詞は彼女の当時の恋人で、音楽プロデューサーのバンジャマン・ビオレイ。

ロマンチックなラブソングで、軽快なリズムと旋律にのせて、ケレン・アンのささやくようなハスキーボイスが、飛び切りお洒落なニュー・フレンチポップスの世界を織り上げてゆく。美しいメロディーで、発表当初からこの曲に惹かれていた。

溶けてゆくろうそくの薄明かりに
夜が落ちてゆく
そして、光がありますように
時が過ぎゆく、永遠に秒を刻みながら
そして、光がありますように

原詞は、このような情景で始まる。恋人たちがともに過ごす夜、温かい愛情を感じながら、お互いの上にささやかな幸せが注がれますようにと、そっと祈る。

大震災のときに、この曲が突然、強烈に私の中で思い起こされ、これをラブソングとしてではなく、私自身の思い、祈りを込めて歌いたいと強く思ったのが、訳詞をするきっかけとなった。「ろうそくの光しかない停電の暗闇の中で、夜空が明るかった」というYさんの言葉と、原詞の「溶けてゆくろうそくの薄明かり」が一つに重なったためかもしれない。

私の『世界の片隅に』は、原詞に忠実な訳詞ではなく、私自身の心象風景を表現した、ほとんど作詞に近いものとなった。

日々、生きてゆく時間の中で、様々な出会い、別れ、出来事が通り過ぎてゆく。抗い難いものへの怖れや憤り、悲しさや、嬉しさ。

今、折に触れてこの曲を歌う中で、思いはさらに深く広がってゆく。

夜明けの光は　いつでも　きれいだ
明けない夜はないって　本当だよ

# あとがき

本書の何編かは、これまで「WEB松峰綾音」に『訳詞への思い』として掲載してきた文章を元に、加筆修正したものです。

シャンソンも、ましてやその日本語詞も、普段はあまりなじみのない特殊な世界かと思うのですが、新たな音楽としての発見、日本とフランスの風土・文化・言語のそれぞれの独自性と共感、詩語というものの持つ魅力、訳詞における創造性、等々、様々な側面に目を置き、楽しんでいただけましたなら幸せです。

先の見えないコロナ禍ではありますが、コンサート活動を再開でき、また、ここに載せた曲をお届けできます折には、その背景などに思いを馳せながらお聴きいただくのも一興かと存じます。そんなご縁を楽しみにしています。

音楽を心ゆくまで味わえる日が、早く戻ってきますように。

出版にあたり、多くの皆様から様々なご助言、ご協力をいただきましたことに心から感謝申し上げます。

対訳は問題なくとも、原詞の内容やニュアンスを変容しつつ作り上げる日本語訳詞の許諾には、入念な説明と時間を費やしました。特に母国語へのこだわりの強いフランスですので、そのハードルは高いのではと覚悟して臨んだのですが、ともかくも出版許諾を無事得ることができましたこと、関係各位に感謝申し上げる次第です。

訳詞権を得るためにご尽力頂いたマルソー・眞理子様、パリの橋本国際弁護士事務所、対訳に際し様々なご教示を賜りました和田利正先生、出版までの日々を支えて下さいましたAmical AYANE事務局の杉井玄慎様、素敵な写真の撮影と監修をお引き受け下さいました淺岡敬史様、装幀デザインにご尽力いただきました蔦見初枝様、編集にご協力いただきました大湊一昭様、皆々様に深く御礼申し上げます。

令和三年　冬

松峰　綾音

## 解説

シャンソンを日本語に訳して歌う場合、原作者（作詞家）の許諾が必要です。

すでに訳されて日本音楽著作権協会（ＪＡＳＲＡＣ）に登録されている訳詞（法定訳詞）は、歌唱・録音・出版に関してはＪＡＳＲＡＣに申請することでほとんど許可が下ります。それは楽曲を管理している音楽出版社（サブパブリッシャー）が、ＪＡＳＲＡＣに信託しているからです。

ＪＡＳＲＡＣと日本の音楽出版社が管理していない楽曲を出版（ＣＤ、著作物）する場合、自ら原作管理者を探し当て、許可を取ることが必要です。

松峰綾音さんの『詞歌抄』に収められている12曲のうち9曲がそんな曲でした。

松峰綾音さんとの出会いは、ピアソラの『リベルタンゴ』の訳詞権利問題がきっかけでした。

松峰さんはシャンソン関係者でも知らない曲や忘れ去られた名曲を取り上げ、自ら訳して歌っています。

私がプロデュースするＣＤアルバムで松峰さん訳詞の

『リベルタンゴ』の使用許可をいただくために電話をしたところ、初めての相手にもかかわらず、気持ちよく許可を下さいました。

その後が大変でした。『リベルタンゴ』は演奏曲のため歌詞がなく、日本の管理会社（サブパブリッシャー）では許諾が得られず、歌詞を英訳してイタリアの管理会社（オリジナルパブリッシャー）に送り、2ヶ月後に使用許可がおりましたが、いくつもの条件があり、サブパブリッシャー用に松峰さんの署名・捺印が必要でした。

松峰さんが印鑑持参で私の事務所にいらしたのは、2012年の春でした。

2017年1月に訳詞エッセイ集を出版したいと連絡がありました。多くの出版社に連絡をした結果、著作権問題がネックになり、追い込まれていました。そこからの松峰さんの苦労は察するに余りあります。一人でパリの関係者と連絡を取り、最終的にはパリの弁護士事務所も動員したと聞きました。シャンソンには多くの訳詞集が出版されていますが、全曲オリジナルパブリッシャーから許諾を受けた訳詞集は、私が知る限り2冊目です。発売までに4年の歳月が流れていました。

エッセイは目で読み、歌は耳で聞く。自ずと言葉の選び方は変わる。歌詞は一度聴いただけで内容が理解されなければならないから、普段使っている言葉をイントネーションを考えて音符に乗せる。歌の中の人物の性格も、人間関係や生活環境も連想させる。この『詞歌抄』には、松峰さんの新しい世界観とメッセージを込めた日本語が真珠のように美しく並んでいます。

1879年の『子守唄』から2013年の『もしも』までの、時代の波をくぐった12曲のシャンソンが松峰さんの手によって、日本のシャンソン文化の重要な一部分になったと思います。

音楽プロデューサー　窪田 豊

# 〈参考〉原詞・対訳

# 1. Si

Si j'étais l'amie du bon Dieu
Si je connaissais les prières
Si j'avais le sang bleu
Le don d'effacer et tout refaire
Si j'étais reine ou magicienne
princesse, fée, grand capitaine
D'un noble régiment
Si j'avais les pas d'un géant

Je mettrais du ciel en misère
Toutes les larmes aux rivières
Et fleurirais des sables où file même l'espoir
Je sèmerais des utopies, plier serait interdit
On ne détournerait plus les regards

Si j'avais des milles et des cents
Le talent, la force ou les charmes
Des maîtres, des puissants
Si j'avais les clés de leurs âmes
Si je savais prendre les armes
Au feu d'une armée de titans

# もしも

もしも私が神様の友達だったら
もしも私が祈りの言葉を知っていたら
もしも私が高貴な血筋を引いていたら
消し去り、すっかり作り変える力を持っていたら
もしも私が女王か、魔術師か
王女か、妖精か、
気高い連隊の大隊長だったら
もしも私が巨人の歩みを持っていたら

私は不幸のなかに空を置き
涙をすべて川に流し
そして、望みさえ流れ去る砂漠に花を咲かせられるのだが
私はユートピアに種を蒔くことはできるのだが、服従はできない
私たちはもう目をそむけたりはしない

もしも私が大金持ちで
先生たちや、権力者たちのように
才能や、力や魅力を持っていたら
もしも私が彼らの心を開ける鍵を持っていたら
もしも私がティタン（巨人）軍の放つ砲火に向かって
武器を取ることができたら

J'allumerais des flammes
Dans les rêves éteints des enfants
Je mettrais des couleurs aux peines
J'inventerais des édens
Aux pas de chances, aux pas d'étoiles, aux moins que rien
Mais je n'ai qu'un cœur en guenille
Et deux mains tendues de brindilles
Une voix que le vent chasse au matin
Mais si nos mains nues se rassemblent
Nos millions de cœurs ensemble
Si nos voix s'unissaient
Quels hivers y résisteraient ?

Un monde frère, une terre âme sœur
Nous bâtirons dans ces cendres
Peu à peu, miette à miette
Goutte à goutte et cœur à cœur
Peu à peu, miette à miette
Goutte à goutte et cœur à cœur

子供たちの消えてしまった夢に
炎を燃やすこともできたろうに
苦しみに色づけだってできたろうに
楽園だって創りだせたろうに
不運で、星運も悪く、見捨てられた人たちのために

でも私はボロをまとった心と
細腕から伸びたふたつの手と
朝には、風に吹っ飛んでしまうようなか細い声しか持っていない
でも、もしも私たちの何もない手が集まり
私たちの数百万の心が一緒になったら
もしも私たちの声が一つになったら
どんな厳しい冬がこれに逆らえるというのだろう?

兄弟の世界、姉妹の魂の大地を
私たちはこの灰の中から作っていく
少しずつ、少しずつ
一滴ずつ、心を込めて
少しずつ、少しずつ
一滴ずつ、心を込めて

## 2. Berceuse

Endormons-nous, petit chat noir
Voici que j'ai mis l'éteignoir
Sur la chandelle
Tu vas penser à des oiseaux
Sous bois, à de félins museaux...
Moi rêver d'Elle

Nous n'avons pas pris de café,
Et, dans notre lit bien chauffé
Qui veille pleure
Nous dormirons, pattes dans bras
Pendant que tu ronronneras,
J'oublierai l'heure

Sous tes yeux fins, appesantis
Reluiront les oaristys
De la gouttière
Comme chaque nuit, je croirai
La voir, qui froide a déchiré
Ma vie entière

## 子守唄

小さな黒猫、いっしょに眠ろう
ろうそく消しを置いておくよ
燭台の上に
お前は森の鳥たちのことを
猫たちのことを考えるだろう……
僕は彼女の夢を見るとしよう

僕たちはまだ珈琲を飲んでいない
暖かいベッドの中だ
徹夜で涙する
僕たちは腕を組んで眠ろう
お前が喉をゴロゴロ鳴らしている間は
僕は時間を忘れることだろう

お前の細く、まどろんだ眼に
屋根上の
恋の語らいがキラリと光る
毎夜のように
僕の一生が
冷たく引き裂かれたように思えてくる

Et ton cauchemar sur les toits
Te dira l'horreur d'être trois
Dans une idylle
Je subirai les yeux railleur
De son faux cousin, et ses pleurs
De crocodile
Si tu t'éveilles en sursaut
Griffé, mordu, tombant du haut
Du toit, moi-même
Je mourrai sous le coup félon
D'une épée au bout du bras long
Du fat qu'elle aime

Puis, hors du lit, au matin gris,
Nous chercherons, toi, des souris
Moi, des liquids
Qui nous fassent oublier tout,
Car, au fond, l'homme et le matou
Sont bien stupides

そして、屋根上でのお前の悪夢から
お前は三つどもえの恐怖を教えられる
純愛の中で
僕は彼女の偽りのいとこ（悪い友達）の冷やかな眼差しと
うそ泣きの涙を受けるだろう
もしも、お前がひっかかれ、噛みつかれ、屋根の上から落ちて
飛び上がって目覚めるようなことがあれば
僕自身も
彼女が愛する愚かな男の
長い腕の先の剣による
裏切りの一撃の下に死ぬことになるだろう

そして、ベッドから出て、鼠色の朝に
僕たちは探す、お前はネズミを
僕は液体を
これらは僕たちにすべてを忘れさせてくれる
なぜなら、結局のところ、男も雄猫も
実に愚かなものだから

# 3. Un chat que j'ai apprivoisé

Aujourd'hui et demain
Il n'y a rien sur terre qui m'appartienne
Les lignes de ma main sont emmêlées aux lignes de la tienne

Tu es tendre et désabusé
Je ne sais rien te refuser

Nous partageons tout,
même les croissants, les problèmes, l'argent, les café-crème
Je sais que tu sais bien qu'à part toi
Rien vraiment ne me retient
Ne t'en va pas trop loin
Mon cœur ne sait plus battre sans le tien
Mon amour, tu es un chat que j'ai apprivoisé
Un papillon qui voudrait se poser
La mélodie que je viens d'épouser

Toi au bord de l'eau
Au bas du dos délicieuse fossette

# 僕が飼いならした猫

今日も明日も
僕の物になるようなものなどこの地上に何もない
僕の手の運命線が君の手の運命線と交わっている

あなたは優しいけど醒めている
僕は君を拒むなんてとてもできない

僕たちは何でも分け合っている
クロワッサンも、トラブルも、お金も、カフェ・クレームもみんな
君がよく分かっていることは、僕にも分かっている
僕を引き止められるものは、君以外に本当は何もないってことを
あまり遠くに行ってしまわないで
僕の心臓はもう君の心臓なしでは鼓動できない
僕の恋人、君は僕が飼いならした猫
羽を休めようとしている蝶
僕が好きになったばかりのメロディー

君は水辺で
背中の下に魅力的な窪みをつくって

Pensées échevelés, allongée nue et insouciante

Toi qui siffle fort quand une chanson te trotte dans la tête
Toi qui rêves éveillé, toi qui visites les îles flottantes

Perdu dans tes pensées
En mâchonnant une fleur de pissenlit
Tu regardes passer les nuages au-dessus de notre lit
Mon amour, tu es un chat que j'ai apprivoisé
Tout est si simple et semble improvisé
depuis que nos regards se sont croisés

Toi beauté volée, tu me regardes un coin quand tu te cambres
Tu sais m'ensorceler comme une starlette débutante

Toi, sans m'en parler, tu voudrais quitter Paris dés septembre
Toi qui rêves éveillé, toi qui sépares les étoiles les filantes

取りみだれて、無頓着に裸で横たわっている

頭の中に歌が思い浮かぶと、大きな音で口笛を吹くあなた
目覚めたまま夢を見るあなた、浮島を訪れるあなた

考えに没頭して
タンポポの花をもぐもぐと噛みながら
君は、僕たちのベッドの上を雲が流れて行くのを眺めている
僕の恋人、君は僕が飼いならした猫
僕たちの視線が交わったときから、
万事はとてもシンプルで、即興的に見える

美しさが飛び交う君、君は身をそらせるとき僕を横目で見る
君は駆け出しの新人女優のように、
僕を惑わす術を心得ている

あなた、私に話さないままで、
9月にはパリを離れたいと思っている
目が覚めたまま夢を見るあなた、普通の星と流れ星を見分けている

Aujourd'hui et demain
Il n'y a rien sur terre qui m'appartienne
Les lignes de ma main sont emmêlées aux lignes de la tienne
Mon amour, tu es un chat que j'ai apprivoisé
Un papillon qui voudrait se poser
Comme sur tes lèvres je pose un baiser

今日も明日も
僕の物になるようなものなどこの地上に何もない
僕の手の運命線が君の手の運命線と絡み合う
僕の恋人、君は僕が飼いならした猫
羽を休めようとしている蝶
僕が君の唇に口づけするみたいに

# 4. L'heure du thé

J'étais passé
Pour prendre un thé
Caramel ou vanille
Bah non j'ai plus que vanille
J'étais venu
Pour dire des trucs pas terribles

Y a plein de travaux dans ta rue
Tiens c'est marrant t'as la Bible
Sous un poster de Modigliani
J'étais passé pour prendre un thé
Et j'ai passé la nuit

Mais ce matin
Rue St Sévrin
Je sors de chez toi
Habillé comme hier
Dans la ville normale
Des voitures banales
Qui ne savent pas
Pour la nuit dernière

# お茶の時間

私はお茶を飲みに
立ち寄ったのだった
キャラメルかバニラの
ああ、違う　今では私はバニラしか飲まない
私はとりとめのないことを
話しに来たのだった

あなたの街には沢山の仕事がある
あら、モジリアーニのポスターの下に
あなたが聖書を持っているなんて面白い
私はお茶を飲みに立ち寄っただけだった
そして、私は夜を過ごした

けれど、今朝
サン・セヴラン通りの
あなたの家を私は出る
昨日と同じ服を着て
いつもの街中には
ありふれた車ばかり
その車たちは
昨夜のことを知らない

On a discuté
Jambon purée bougie
Gabriel Fauré
Mozart Laurent Voulzy

Assis en tailleur
Face à Modigliani
Sur Karin Redinger
Tu m'as dit bien sûr que si

Mais ce matin
Rue St Sévrin
Je sors de chez toi
Habillé comme hier
Dans la ville normale
Des voitures banales
Qui ne savent pas
Pour la nuit dernière
J'étais passé
Pour prendre un thé

私達はおしゃべりをした
ハム、ピュレ、蝋燭のこと
ガブリエル・フォーレ
モーツアルト、ローラン・ヴゥルズィーらについて

モジリアーニに向き合って
あぐらをかいて
カラン・ルダンジェのことを
もちろん好きだよ、とあなたは私に言った

けれど、今朝
サン・セヴラン通りの
あなたの家を私は出る
昨日と同じ服を着て
いつもの街中には
ありふれた車ばかり
その車たちは
昨夜のことを知らない
私はお茶を飲みに
立ち寄っただけだった

## 5. La noyée

Tu t'en vas à la dérive
Sur la rivière du souvenir
Et moi, courant sur la rive,
Je te crie de revenir
Mais, lentement, tu t'éloignes
Et dans ma course éperdue,
Peu à peu, je te regagne
Un peu de terrain perdu

De temps en temps, tu t'enfonces
Dans le liquide mouvant
Ou bien, frôlant quelques ronces,
Tu hésites et tu m'attends
En te cachant la figure
Dans ta robe retroussée,
De peur que ne te défigurent
Et la honte et les regrets

Tu n'es plus qu'une pauvre épave,
Chienne crevée au fil de l'eau
Mais je reste ton esclave

## 溺れる女

君は漂って行く
思い出の川面を
そして僕は、河岸を走りながら
戻って来てと君に叫ぶ
でも、ゆっくりと君は遠ざかってゆく
そして、僕は死にものぐるいで走って
だんだん、君に追いつき
少しだけ遅れを取り戻す

時々、君は沈み込む
流れ立つ液体のなかを
あるいは、茨を危うくかすめ
君はためらい、僕を待つ
まくれ上がったドレスで
顔を隠しながら
恥ずかしさと後悔が
自分の容貌を醜くすることを恐れて

君はもはやみすぼらしい漂流物にすぎない
水の流れに身を任せた死んだ犬
だけど僕は君のとりこであり続ける

Et plonge dans le ruisseau
Quand le souvenir s'arrête
Et l'océan de l'oubli,
Brisant nos cœurs et nos têtes,
A jamais, nous réunit

そして　流れの中に飛び込む
記憶が止まったとき
忘却の海が、
僕たちの心と頭を打ち砕いて
永遠に、僕たちは一つになる

## 6. Lost song

Lost song
Dans la jungle de nos amours éperdues
Notre émotion s'est perdue
Lost song
A la longue
Les mots semblent superflus
Entre le flux, le reflux

Mensonges par omission
On se tait, on s'est tu
On sait ce qu'il s'est su
On s'adore et puis l'on
Se déchire, s'entretue
Dans mon sens, entres-tu ?

Lost song
Dans la jungle de nos amours éperdues
Notre émotion s'est perdue
Lost song
Toi tu jongles
Avec des mots inconnus
De moi, je n'ai pas assez lu

## 失われた歌

失われた歌
私たちの狂おしい恋のジャングルで
私たちの激情はなくなってしまった
失われた歌
ついには
言葉が無駄のように思えてくる
潮の満ち干の間に

真実を隠した末の嘘
私たちは口を閉ざし、へとへとになった
私たちは体験したことはみんな知っている
私たちは互いに熱愛し、それから
互いに傷つけ合い、殺し合う
私の感覚にずかずかと　あなたは入りこむのですか？

失われた歌
私たちの狂おしい恋のジャングルで
私たちの激情はなくなってしまった
失われた歌
あなたは私の知らない言葉を
巧みに操るけど
私は、しっかり読み取ることができないでいる

Dans tes yeux, tes menson
Ges, d'autres filles en vue
Je le savais, je me suis tue
Les bagarres, arrêtons
Je suis on ne peut plus
Fragile, le sais-tu ?

あなたの目の中に、あなたの嘘
その中に、他の娘たちの姿が見える
私はそれを知っていたけど、私は黙っていた
けんかはもう終わりにしましょう
私にはもうこれ以上できない
私が壊れやすいのは、あなた知っているでしょう？

Lost song
Dans la jungle de nos amours éperdues
Notre émotion s'est perdue
Lost song
Au majong
De l'amour je n'ai pas su
Sur toi avoir le dessus

失われた歌
私たちの狂おしい恋のジャングルで
私たちの激情はなくなってしまった
失われた歌
愛のマージャンゲームで
私にはわからなかった
あなたの優位に立てる方法が

Des erreurs, mettons
Je reconnais, je me suis vue
A l'avance battue
C'est l'horreur mais ton
Arrogance me tue
Tu me dis "vous" après "tu"

過ちを犯したことは
私は認めていた、もっと前から、
あなたに打ち負かされてることは分かっていた
それは最悪だ、でもあなたの
傲慢さが私を打ちのめしてしまう
あなたは私を「おまえ」と呼んだ後で「あなた」と呼ぶのだから

## 7. La femme chocolat

Taille-moi les hanches à la hache
J'ai trop mangé de chocolat
Croque moi la peau, s'il-te-plaît
Croque moi les os, s'il le faut
C'est le temps des grandes métamorphoses

Au bout de mes tout petits seins
S'insinuent, pointues et dodues
Deux noisettes, crac ! Tu les manges
C'est le temps des grandes métamorphoses

Au bout de mes lèvres entrouvertes
pousse un framboisier rouge argenté
Pourrais-tu m'embrasser pour me le couper...
C'est le temps des grandes métamorphoses

Pétris-moi les hanches de baisers
Je deviens la femme chocolat
Laisse fondre mes hanches Nutella
Le sang qui coule en moi c'est du chocolat chaud...

## チョコレート女

斧で私の腰部を削って
私チョコレートを食べ過ぎちゃった
私の肌をかじって、お願い
私の骨もかじって、必要なら
今こそ大変身のチャンスだわ

私のとても小さな乳房の先に
尖って、丸っこい二つのハシバミの実が
入り込んでいる　カリッ！　あなたそれを食べて
今こそ大変身のチャンスだわ

少し開いた私の唇の端に
艶のある赤い木苺の木が生えている
あなたキスしてそれを切り倒して……
今こそ大変身のチャンスだわ

キスで私の腰部を揉んで
私チョコレート女になるわ
ヌテラの腰部を溶かして
私の中を流れる血、それは熱いチョコレートよ

Un jour je vais m'envoler
A travers le ciel à force de gonfler...
Et je baillerai des éclairs
Une comète plantée entre les dents
Mais sur terre, en attendant
Je me transformerai en la femme chocolat...

Taille-moi les hanches à la hache
J'ai trop mangé de chocolat...

いつか私は、しっかり膨らんだら
大空を貫いて翔んでいくわ
そして私は稲妻（エクレア）のあくびをするわ
歯間に一つの彗星を置き去りにしたまま
けれど　地上では　さしあたりは
私チョコレート女に変身するわ

斧で私の腰部を削って
私チョコレートを食べ過ぎちゃった

## 8. La rue

## 街

La rue la rue
La rue m'attire malgré moi
Et je vais, sans savoir pourquoi
Au hasard, dans la rue

街、街、
街は否応なしに私をなぜか惹きつける
それで私は出かける、なぜかわからないまま
行き当たりばったり、街中へ

Elle a des coins d'ombre
De plus en plus sombres
Nul n'en sait le nombre même moi
Elle a ses misères elle a ses colères
Elle a ses mystères comme moi
La rue est féroce
Elle est comme rosse
Douce ou bien atroce comme moi
La rue est farouche
Froide, laide et louche...
Pourtant on y couche
Comme moi

街には暗い街角が
更にもっと暗い街角がある
誰もその数を知らない　私でさえ
街には街の悲哀があり、街には街の怒りがあり
街には街の謎がある、私みたいに
街は冷酷である
街は辛辣な人のようだ
優しかったりとても残忍だったりもする、私みたいに
街は荒々しく
冷淡で、醜く、いかがわしかったり……
でも、みんなそこに寝泊まりしている
私みたいに

{Refrain}

（リフレイン）

Il pleut, quelle boue en faisant la moue

雨が降ると、ひどい泥まみれと口をとがらせながらも

Chacun se secoue comme moi
Mais les beaux dimanches
Dans leurs robes blanches
Roulant de la hanche comme moi
Quand le soleil brille
Il faut voir les filles
Qui rient et babillent près de moi
Et la nuit poème et bonheur suprême
Dans la rue on aime
Même moi

{Refrain}

La foule en cohue,
Certains jours se rue
Dans toutes les rues avec moi
Elle hurle et crie
Tempête, injurie,
Prise de folie comme moi
C'est une hécatombe
Fusils, canons, bombes

みんな私と同じように気を取り直す
でも、晴れた日曜日には
白いドレスを着て
私みたいに腰を振って歩く
太陽が輝くときは
私の近くで、笑ったり、おしゃべりしている
娘たちを見ないといけない
そして夜には、詩とこの上ない幸せが
街中でみんな好きになる
私みたいに

（リフレイン）

群衆は、ひしめき合って
決まった日に押し寄せる
あらゆる街で、私と一緒に
群衆はわめき、叫ぶ
まるで嵐のように、ののしる
私のように狂気に取り憑かれて
これはまさしく大殺戮だ
銃、大砲、爆弾

Et des hommes tombent près de moi
Le peuple se venge on balaie la frange
Et puis rien ne change
Croyez-moi !

{Refrain}

そして男たちは私のそばに倒れる
人々は復讐し、一部少数派を一掃する
それから後、何も変わらない
絶対そうだ、信じてほしい！

（リフレイン）

## 9.Dans ma rue

J'habite un coin du vieux Montmartre
Mon père rentre soûl tous les soirs
Et pour nous nourrir tous les quatre
Ma pauvr'mére travaille au lavoir.
Moi j'suis malade, j'rêve à ma fenêtre
Je regarde passer les gens d'ailleurs
Quand le jour vient à disparaître
Il y a des choses qui me font un peu peur

Dans ma rue il y a des gens qui s'promènent
J'les entends chuchoter dans la nuit
Quand je m'endors bercée par une rengaine
J'suis soudain réveillée par des cris
Des coups d'sifflet, des pas qui traînent, qui vont et viennent
Puis le silence qui me fait froid dans tout le cœur

Dans ma rue il y a des ombres qui s'promènent
Et je tremble et j'ai froid et j'ai peur

## 私の街で

私は古いモンマルトルの一角に住んでいる
父は毎晩酔っぱらって帰ってくる
そして私たち家族４人を養うために
かわいそうな母は洗濯屋で働いている
私は病気で、窓際で夢を見ている
私はよその人たちが通るのを眺めている
日暮れになると
私をちょっと怯えさせるようなことが起きる

私の街には行ったり来たりする人たちがいる
夜になると彼らのささやき声が聞こえる
聞き古された唄に揺られながら眠っていると
私は突然たたき起こされる、叫び声や
警笛や、引きずるように行ったり来たりする足音で
そのあとは静寂が私を心底から凍らせる

私の街には行ったり来たりする人影があり
わたしは身震いし、悪寒と恐怖を覚える

Mon père m'a dit un jour : "La fille,
Tu ne vas pas rester là sans fin
T'es bonne à rien, ça c'est de famille

Faudrait voir à gagner ton pain
Les hommes te trouvent plutôt jolie
Tu n'auras qu'à partir le soir
Il y a bien des femmes qui gagnent leur vie
En "s'baladant sur le trottoir"

Dans ma rue il y a des femmes qui s'promènent
J'les entends fredonner dans la nuit
Quand je m'endors bercée par une rengaine
J'suis soudain réveillée par des cris
Des coups de sifflet, des pas qui trainent, qui vont et viennent
Puis ce silence qui me fait froid dans tout le cœur.

Dans ma rue il y a des femmes qui s'promènent
Et je tremble et j'ai froid et j'ai peur

父がある日私に言った「娘よ、
お前はいつまでもここにいてはいけない
お前は何もできない、血は争えないものだ

自分で食いぶちを稼いでみてはどうか
男たちはお前のこと結構きれいと思うだろう
夜中に出かけるだけでいいんだ
歩道をぶらついて
暮らしを立てている女はいくらでもいる」

私の街には行ったり来たりする女たちがいる
夜になると彼女らの口ずさむ声が聞こえる
聞き古された唄に揺られながら眠っていると
私は突然たたき起こされる、叫び声や
警笛や、引きずるように行ったり来たりする足音で
そのあとは静寂が私を心底から凍らせる

私の街には行ったり来たりする女たちがいる
わたしは身震いし、悪寒と恐怖を覚える

Et depuis des semaines et des semaines
J'ai plus d'maison, j'ai plus d'argent
J'sais pas comment les autres s'y prennent
Mais j'ai pas pu trouver de client
J'demande l'aumône aux gens qui passent
Un morceau de pain, un peu d'chaleur
J'ai pourtant pas beaucoup d'audace
Maintenant c'est moi qui leur fait peur

Dans ma rue tous les soirs j'me promène
On m'entend sangloter dans la nuit
Quand le vent jette au ciel sa rengaine
Tout mon corps est glacé par la pluie

Et j'en peux plus, j'attends que en faite que le bon Dieu vienne
Pour m'inviter à m'réchauffer tout près de Lui

Dans ma rue il y a des anges qui m'emmènent
Pour toujours mon cauchemar est fini

何週間も何週間も前から
私には住む家もお金もなくなった
ほかの女たちがどうしているのかわからないけど
私は客を見つけることができない
私は通りがかりの人に
一切れのパンや少しの温もりの施しを求める
だけど私はあまり大胆にはなれないので
今は私のほうが彼らを怖がらせてしまっている

私の街を毎晩、私は行ったり来たりする
夜になると、私のすすり泣きが聞こえる
風が自らの音を空高く巻き上げる時
私の体中が雨に濡れて凍える

もう私はおしまい、神様の傍で体を温められるよう
神様が私を迎えに来てくださることを待ち続ける

私の街には私を連れて行ってくれる天使たちがいる
私の悪夢は永遠に終わった

# 10. Plus rien

Plus rien, plus rien
Que le silence,
Ta main, ma main
Et le silence

Des mots. Pourquoi?
Quelle importance!
Plus tard, demain,
Les confidences.
Si douce, ta bouche
Et je m'affole.
Je roule, m'enroule
Et tu t'affoles.
La nuit profonde,
La fin du monde,
Une gerbe de feu
Pour se connaître,
Se reconnaitre,
Pourpre et or et puis bleue,

Plus rien, plus rien

# もう何もない

もう何もない、何も
静寂だけ
あなたの手、私の手
そして静寂

言葉、どうして？
なんて重大な！
もっと後、明日
秘密の話
とても甘美な、あなたの唇
そして私は夢中になる
私は転がり、丸くなる
そしてあなたは夢中になる
深い夜
世界の終わり
燃え立つ炎
お互い知り合うために
お互いにそれと分かるため
緋色と金色、それから青色

もう何もない、何も

Que le silence,
C'est bien, nos mains
Et ce silence...

静寂だけ
心地良い、私たちの手
そして、この静寂……

## 11.Chanson tendre

Comme aux beaux jours de nos vingt ans,
Par ce clair matin de printemps,
J'ai voulu revoir tout là-bas,
L'auberge au milieu des lilas
On entendait sous les branches,
Les oiseaux chanter dimanche
Et ta chaste robe blanche,
Paraissait guider mes pas

Tout avait l'air à sa place,
Même ton nom dans la glace,
Juste à la place où s'efface,
Quoi qu'on fasse,
Toute trace...
Et je croyais presqu'entendre
Ta voix tendre murmurer
"Viens plus près"

J'étais ému comme autrefois
Dans cette auberge au fond des bois,
J'avais des larmes dans les yeux

## 優しい歌

私たちの二十歳の青春時代のように
明るく澄んだこんな春の朝に
私はもう一度訪ねたかった
リラの花に囲まれたあのオーベルジュを
枝の下で聞こえていた
鳥たちの日曜日を歌う鳴き声が
そして、君の純白のドレスは
私の歩みを導いてくれているように思えた

すべてがしかるべき所にあるように見えた
鏡の中の君の名前さえも
何をするにしても
すべての痕跡が
消されてしまう所にあるのに
そして、私はほとんど聞こえたと思った
君の優しく囁く声が
「もっと近くに来て」と

私は昔のように心を動かされて
森深くにあるオーベルジュで
私は涙を流した

Et je trouvais ça merveilleux

Durant toute la journée,
Après tant et tant d'années,
Dans ta chambre abandonnée,
Je nous suis revus tous deux

Mais rien n'était à sa place;
Je suis resté, tête basse,
À me faire dans la glace
Face à face  La grimace...
Enfin j'ai poussé la porte,
Que m'importe
N. I. NI
C'est fini

Pourtant quand descendit le soir
Je suis allé tout seul m'asseoir
Sur le banc de bois vermoulu
Où tu ne revins jamais plus
Tu me paraissais plus belle,

そして、私はこれは素晴らしいことだと思った

一日中
何年も経った後
使われなくなった君の部屋で
私は再び私たち二人に出会った

しかし、何もかもが場違いだった
私は頭を下げたままだった
鏡に自分を映すために
面と向かい、苦渋に満ちた顔をして……
ついに、私はドアを押した
私にはどうでもいいこと
万事休すだ
万事

それでも、日暮れになると
私はたった一人で座りに行った
朽ち果てた木製のベンチに
君はもうそこには二度と戻ってこなかった
君はより美しく、

Plus charmante, plus cruelle
Qu'aucune de toutes celles
Pour qui mon cœur a battu

Et je rentrai, l'âme lasse,
Chercher ton nom dans la glace
Juste à la place où s'efface
Quoi qu'on fasse
Toute trace...
Mais avec un pauvre rire
J'ai cru lire:

"Après tout,
On' s'en fout"

より魅力的で、より残酷に見えた
女の子たちの誰よりも
私の心を打ちのめした

そして私は帰ろうとした、心疲れ果て
鏡の中に君の名を探し求めて
すべての痕跡が、
何をするにしても
消されてしまうような所に
しかし、みじめな笑みを浮かべて
私は読めた、と思った

「結局のところは、
そんなことはどうだっていいんだ」と

## 12. Au coin du monde

## 世界の片隅に

Tombent les nuits à la lueur des bougies qui fondent
Et que la lumière soit
Passent les heures et que s'écoulent à jamais les secondes
Et que la lumière soit

Au loin, entends-tu le bruit qui court
Au point, juste au point du jour
À deux pas de chez toi
À deux pas de chez moi

Tombent les feuilles et les larmes sur tes joues qui roulent
Et que la lumière soit
Passent les anges et les orages au-dessus des foules
Et que la lumière soit

Au loin on voit les neiges qui fondent
Au coin, juste au coin du monde
À deux pas de chez toi
À deux pas de chez moi

溶けてゆくろうそくの薄明かりに夜が落ちてゆく
そして、光がありますように
時が過ぎゆく、永遠に秒を刻みながら
そして、光がありますように

遠くで流れる噂が聞こえるだろうか
夜明けのまさにその瞬間には
あなたの家のすぐ近く
私の家のすぐ近くに

葉が落ち、涙があなたの頬を伝う
そして、光がありますように
群衆の上を天使と雷雨が通り過ぎてゆく
そして、光がありますように

遠くに解けていく雪が見える
片隅、まさに世界の片隅で
あなたの家のすぐ近く
私の家のすぐ近くに

Et que la lumière soit
Comme au premier jour du premier mois de nos corps à corps

そして、光がありますように
私たちの取っ組み合いの、最初の月の初日のように

Et que la lumière soit
Dans la cité qui n'en finit pas, que vienne l'aurore
À deux pas de chez toi
À deux pas de chez moi

そして、光がありますように
終わりのない都会に、オーロラが訪れますように
あなたの家のすぐ近く
私の家のすぐ近くに

Au loin on voit les neiges qui fondent
Au coin, juste au coin du monde
À deux pas de chez toi
À deux pas de chez moi
Et que la lumière soit

遠くに解けていく雪が見える
片隅、まさに世界の片隅で
あなたの家のすぐ近く
私の家のすぐ近くに
そして、光がありますように

## 掲載／翻訳　許諾一覧

凡例）「　」=曲名　（PD/ 年号）=著作権フリー / 作年
表示指示を特に受けない①④⑨は［　　］内に許諾者を表示

①「SI」：[Alexis Grosboi]

②「BERCEUSE」：(PD/1879)

③「UN CHAT QUE J'AI APPRIVOISÉ」："JOAO E MARIA"
Words and Music by Chico Buarque/Sivuca
©by MAROLA EDICOES MUSICAIS LTDA
Rights for Japan assigned to Watanabe Music Publishing Co., Ltd.
Rights for Japan assigned to Jun & Kei Music Publishers,Inc.

④「l'HEURE DU THÉ」：[Julie.bernard]

⑤「LA NOYEE」：
Words & Music by Lucien Ginsburg
©Copyright by LORIMAR MUSIC BEE CORP
All Rights Reserved. International Copyright Secured.
Print rights for Japan controlled by Shinko Music Entertainment Co., Ltd.

⑥「LOST SONG」：
Music by Edvard Greig
Words & Music Arrangement by Serge Gainsbourg
©by MELODY NELSON PUBLISHING
All rights reserved. Used by permission.
Rights for Japan administered by NICHION, INC.

⑦「FEMME CHOCOLAT LA」：
Written by Mathias Adolphe Eugene Malzieu
©Downtown Music UK Limited o/b/o Strictly Conidential France
Rights for Japan assigned to avex music publishing Inc.

⑧「LA RUE」：(PD/1936)

⑨「DANS MA RUE」：[Philippe Datin]

⑩「Plus RIEN」：
Sur les motifs de l'€uvre originale 'PLUS RIEN'
Auteur et Compositeur（Monique Serf/Michel Colombier)
©1970 Propriété des auteurs

⑪「CHANSON TENDRE」：(PD/1935)

⑫「AU COIN DU MONDE」：
Keren Ann Zeidel / Benjamin Biolay
©EMI Music Publishing France SA & Delabel Editions SARL
The rights for Japan licensed to EMI Music Publishing Japan Ltd.

デザイン：蔦見 初枝
写　　真：沢木 瑠璃（帯）　淺岡 敬史
編集協力：大湊 一昭
制作協力：Amical AYANE

『詞歌抄』クロと読むChanson《シャンソン》

令和3年12月16日　　初版第一刷発行

著　　者　松峰 綾音
発行・発売　株式会社 三省堂書店／創英社
〒101-0051 東京都千代田区神田神保町1-1
Tel：03-3291-2295　Fax：03-3292-7687

印刷／製本　株式会社 新後閑


ISBN　978-4-87923-121-5　C0073
JASRAC　出　2108164-101